DREAMBOOKS

정령의 펜던트

발렌 판타지 장편소설

ORIGINAL FANTASY STORY & ADVENTURE

★
dream
books
드림북스

정령의 펜던트 18 충돌

초판 1쇄 인쇄 2021년 12월 9일
초판 1쇄 발행 2021년 12월 24일

지은이 발렌
발행인 오영배
편집 편집부
일러스트 보살
표지 · 본문 디자인 오정인
제작 조하늬

펴낸 곳 (주)삼양출판사 · 드림북스
주소 서울시 강북구 도봉로 173
대표 전화 02-980-2112 **팩스** 02-983-0660
편집부 전화 02-987-9393 **팩스** 02-980-2115
블로그 blog.naver.com/dreambookss
출판등록 1999년 3월 11일 제9-00046호

ⓒ 발렌, 2021

ISBN 979-11-283-7106-6 (04810) / 979-11-283-9513-0 (세트)

드림북스는 (주)삼양출판사의 판타지 · 무협 문학 브랜드입니다.

18

발렌 판타지 장편소설

ORIGINAL FANTASY STORY & ADVENTURE

◆ 충돌 ◆

정령의 펜던트

dream
books
드림북스

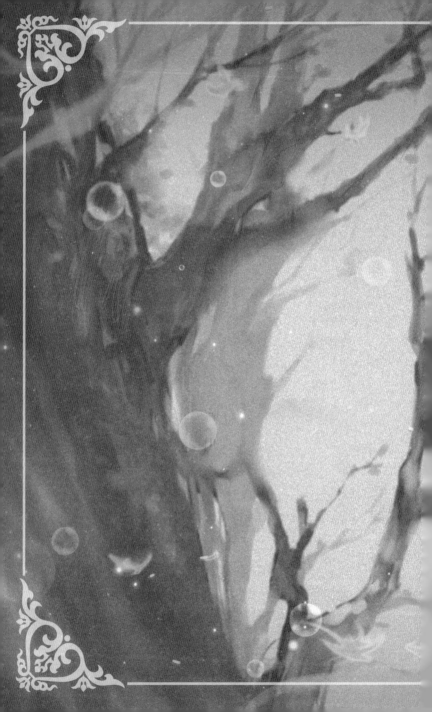

목차

Chapter 1.
뭐지?

1.

"우와! 여기 풍경 장난 아니다!"

갑작스러운 친구들의 등장으로 바율의 온천 놀이는 끝이 났다. 온천 호수는 늦은 밤까지 이용이 가능했지만, 멀리서 수고스럽게 찾아온 친구들에게 빨리 랑트의 자랑인 팔레즈 호텔을 보여 주고 싶었다.

"낮에 보면 전경이 더 멋있어."

바율이 친구들에게 내준 곳은 호텔에서도 특별히 전망이 좋았다. 해가 지고 난 현재로선 호수에 비치는 달빛과 도시 곳곳에 설치된 가로등에서 쏟아지는 은은한 야경이 전부였지만, 내일 낮이 되면 아마 지금보다 몇 배는 더 감탄하게 될 터였다.

"숙소는 마음에 들어? 아무래도 다 같이 놀려면 함께 머무는 게 나을 것 같아서 일부러 펜트하우스로 잡았어. 그래도 침실은 네 개니까, 잠은 편하게 따로 잘 수 있을 거야."

"방마다 욕실이 따로 달린 걸 보면 꽤 비쌀 텐데, 바율 너 너무 무리하는 거 아니야?"

에이단이 발코니에 나가 야경 감상에 빠져 있을 때, 일라이는 이미 숙소 점검을 마쳤다. 그리고 덧붙이진 않았지만, 가장 크고 넓은 방을 미리 선점하기도 했다.

"내가 그간 너희들에게 받은 도움이 얼마나 큰데, 이 정도도 못 하겠어? 난 괜찮으니까 그런 건 신경 쓰지 마. 지내면서 불편한 게 있으면 뭐든 말하고. 복도에 너희 전담 매니저가 항시 대기하고 있을 거니까."

"오, 바율! 우릴 위해서 그런 서비스까지 제공하신다?"

"마음이야 내가 직접 여기저기 구경시켜 주고 싶지만, 관광 사업이라는 게 은근히 해야 할 일이 많네. 오늘도 로건이랑 라나사 덕분에 온천에 몸이라도 담가 본 거야."

"방학인데 쉬지도 못하고 고생이 많군."

"그래도 재밌어, 퀸. 나보다는 사다드 경이 고생했지."

"아, 그러고 보니 너희 남매 방은 어디냐?"

이곳 펜트하우스는 일라이와 에이단, 퀸과 싱클레어가

사용할 예정이었다. 먼저 도착한 로건과 라나사는 어디에 묵는지 궁금했다.

"우린 바로 아래층이야."

"세이모어 백작님과 백작 부인께서도 결혼식 때문에 함께 오셨거든."

"결혼식?"

바율은 해밀턴에서 거행된 아이작과 클로에의 결혼식에 대해 로건과 라나사를 대신해서 짧게 설명했다.

"그러니까 라나사 부모님의 신혼여행 겸, 온 가족이 휴양차 총출동한 셈이구나?"

에이단이 로건의 뒤에 선 라피트와 세드릭을 보며 이제야 이해가 간다는 듯 고개를 끄덕였다. 라나사를 포함한 세이모어가의 삼 남매는 어쩌다 보니 분위기에 휩쓸려 숙소로 직행하지 못하고 여기까지 따라왔다.

"거기, 꼬맹이."

에이단의 시선이 아까부터 라나사의 손을 꼭 붙들고 있는 꼬마, 세드릭에게로 향했다.

"넌 이름이 뭐냐?"

어깨 위를 살짝 덮는 흑발에 황금색 눈동자를 가진 소년. 누가 봐도 로건과 라피트의 동생이라는 게 확연히 티가 났다.

조금 다른 점이라면, 아직 어려서 그런지 형들의 날카로운 외형에 비해 동글동글하니 생긴 게 깨물고 싶을 정도로 귀엽다고 해야 할까.

녀석의 금안엔 그들을 마주한 순간부터 무궁한 호기심이 샘솟아 있었다. 다만 세이모어가의 삼남으로서 체통을 지키기 위해 부단히 참는 중이었다.

"몇 살?"

"…여덟 살입니다. 그리고 제 이름은 세드릭 드 세이모어라고 합니다."

"오호, 그래? 난 해가 바뀌면 일곱 살이 되는 여동생이 한 명 있어. 이름이 클라라라고, 크면 엄청난 미인이 될 거다! 아마 미모로 이 제국을 평정하고도 남을걸? 훗날 제국 제일의 미녀로 불리겠지."

그날이 진짜로 올 수 있을지 모르겠다만, 바율과 친구들은 하도 들어서 이젠 거의 세뇌가 될 지경이었다. 이럴 땐 그냥 아무런 호응 없이 지나가는 것이 상책이었다.

그런데 무엇을 건드렸을까.

세드릭이 돌연 정색하며 맞받아쳤다.

"…그건 어려울 겁니다."

"응?"

"제국 제일의 미녀는 라나사 누님이 되실 거니까요. 그렇죠, 누님?"

"…내가?"

예상치 못한 사촌 동생의 질문에 라나사는 당혹스러운 표정을 감추지 못했다. 그걸 아는지 어쩐지 세드릭이 그녀를 잡은 손에 바짝 힘을 주며 말했다.

"전 지금껏 누님보다 어여쁜 여인을 본 적이 없습니다."

"하하…… 그러니?"

"네! 어머님도 그러셨어요. 내로라하는 귀족가의 여식들을 많이 보셨지만, 라나사 누님 옆에 서면 다 오징어가 될 거라고요. 아버님께서도 '그럼, 그럼' 하며 고개를 끄덕이셨습니다."

"세드릭."

로건은 짐짓 엄하게 막냇동생의 이름을 불렀다.

"그런 말은 우리끼리 있을 때나 하는 거야. 남들 앞에서 그러는 건 예의가 아니라고 형이 말했지?"

순식간에 얼굴도 모르는 많은 여인들이 오징어로 둔갑했다. 이곳에 그들과 그들의 부모가 없어서 다행이지, 세드릭은 방금 아주 큰 결례를 범한 격이었다.

"너, 새로 생긴 사촌 누나가 엄청 마음에 든 모양이구나?"

에이단이 여동생인 클라라를 얼마나 끔찍하게 여기는지

친구들은 알고 있었다. 행여 녀석이 화를 내면 어쩌나 내심 걱정했건만, 외려 녀석은 세드릭을 보며 방긋 웃었다.

"그럼 세드릭, 이 형이랑 내기할래?"

"…내기요?"

"응, 나중에 클라라가 어엿한 소녀로 성장했을 때 직접 보고 판단하는 거야. 그때도 네가 라나사가 최고라고 하면 인정해 줄게."

"에이단, 넌 무슨 그런…….."

"대신, 클라라가 더 예쁘면 내 동생의 호위 기사가 되어 주겠니?"

"…제가 왜 그런 약속을 해야 합니까?"

세드릭은 어리지만, 에이단의 제안에 본능적으로 거부감을 느꼈다. 자신이 어째서 본 적도 없는 어린애의 호위 기사가 되어야 하는지 이해할 수 없었다.

"자신 없어? 네 눈엔 라나사가 최고로 예쁘다면서. 그때 가서 마음 바뀔 거야?"

"아니요! 그럴 일은 없을 거예요!"

"근데 뭘 망설여? 네 마음이 변하지 않으면 아무 일도 없을 텐데. 내가 라나사가 최고라고 인정해 준다니까?"

"…좋아요! 세이모어가의 삼남으로서 약속합니다. 여기 계신 분들이 증인이 되어 주시겠어요?"

조금만 깊게 생각해 보면 에이단에겐 하등 불리할 게 없는 내기 조건이었다. 어차피 에이단이 라나사가 예쁘다는 걸 인정을 하든 말든, 그것이 뭐 그리 중요하겠는가.

　하지만 새롭게 얻은 사촌 누나에게 맹목적인 애정을 퍼붓고 있는 세드릭은 그녀가 누구에게나 최고로 비치길 원했다.

　클라라라고 했던가?

　그 아이가 아무리 예뻐 봤자 라나사 누님의 발끝도 쫓아오지 못할 거라고 세드릭은 확신했다.

　"이거 그냥 두고 봐도 되는 거야?"

　바욜이 걱정스럽게 로건과 라피트를 돌아봤지만, 두 형제는 약속이라도 한 듯 너무나 태평했다.

　"제 앞가림은 제가 알아서 하겠지."

　"세이모어 가문의 사내라면."

　저기, 아직 여덟 살밖에 안 된 어린아이거든?

　바욜과 싱클레어는 황당해서 말을 잇지 못했고, 에이단은 아주 재미난 내기를 했다며 연신 킥킥거렸다. 퀸과 일라이는 그런 녀석을 한심하다는 듯 쳐다보며 고개를 설레설레 내저었다.

　세드릭은 마치 '누님, 저 잘했지요?' 하는 얼굴로 라나사를 올려다보며 배시시 웃고 있었다. 여기서 뭔가를 더 말했다간 괜히 골치만 아플 것 같아서 라나사는 그저 말없이 세드릭의 머리만 다정하게 쓰다듬었다.

그러다 다들 생각했다.

대체 클라라가 얼마나 예쁘기에 에이단이 내기까지 거는 걸까?

녀석의 본가를 몇 번 방문했었지만, 그때마다 어딘가에 가고 없어서 실제로 만난 적이 없었다.

그간 숱하게 듣기만 했던 에이단의 여동생이 불현듯 궁금해지는 밤이었다.

2.

다음 날, 호텔의 오 층에 위치한 레스토랑에서 간단하게 조식을 먹은 친구들은 저녁 식사 시간까지 잠시 자유 시간을 갖기로 했다.

오늘 오후엔 란데르트 공작이 도착할 예정이라, 그때 다 같이 저녁을 함께하기로 한 것이다.

바율은 랑트를 찾은 손님들이 무언가 불편한 점은 없는지 확인하기 위해 이른 아침부터 사다드를 대동한 채 시찰에 나섰다.

"난 도시 전체를 찬찬히 살펴보고 싶은데, 따라갈 사람 있어?"

머리 위에 있던 잉그리드를 손으로 내려놓는 걸 보니, 에이단은 랑트를 하늘에서 내려다보겠다는 심산이었다.

"난 어머님 모시고 절망의 신전에 가 보기로 해서 안 될 것 같아."

"거긴 뭐 하러?"

마족에 관한 얘기가 나오자 일라이의 표정이 대번에 구겨졌다.

"요즘 제일 유명하잖아요. 기도발이 끝내준다던데요? 선배도 빌 것 있으면 가 보세요."

"내가 미쳤냐? 거길 가서 빌게. 차라리 그 시간에 잠이나 더 자겠다."

"동감입니다. 그래서 전 한숨 더 자려고요. 아함!"

라피트가 기지개를 켜고는 먼저 가겠다며 슥 빠졌다.

"누님, 저도 신전에 가고 싶어요."

"그럼 우리도 합류할까?"

"네!"

라나사는 딱히 하고 싶은 게 없었다. 만월 기사단이 오면 그들의 수련하는 모습을 구경하고 싶은 욕심이 있을 뿐, 이곳에서는 그냥 세드릭이나 데리고 다니게 될 운명 같았다,

"퀸이랑 라이, 싱클레어만 남았네. 너희도 뭐 따로 할 거 있냐?"

"어. 난 시간이 촉박해서 그만 가 볼게."

아까부터 랑트 안내 책자를 유심히 살펴보는가 싶더니, 퀸이 서둘러 호텔을 나섰다. 그런 그의 뒤를 어느덧 인어족 수하들이 따르고 있었다.

"나는 곧 수행원들이 도착할 거라서 호텔에 있는 게 좋을 것 같아."

"그래, 싱클레어. 혹시 무슨 일이 생길지도 모르니까 그게 낫겠다."

싱클레어는 검술도 마법도 할 줄 모르는 평범한 소년이었다. 그러나 녀석의 신분만은 평범하지가 못하기에, 다 같이 이동하는 것이 아니면 호텔에 있는 게 모두를 위해서라도 안전했다. 비록 이곳의 치안이 완벽하다 할지라도 말이다.

"라이, 이제 너만 남았다."

"난 쉬러 갈 거야."

"너도 방에 가서 한숨 자려고?"

"아니, 스피넬 보러."

"아아, 그 분화구? 그래, 오랜만에 불구덩이에서 피로 좀 싹 풀어라. 그럴 기회가 별로 없었잖아. 좋겠네."

"피로를 푼다고? 분화구에서⋯⋯?"

아직 방으로 돌아가지 않고 있던 싱클레어가 에이단의 말에 고개를 갸웃하며 물었다. 피로를 풀려면 온천으로 가야지, 어째서 불구덩이가 거론되는지 전연 모르겠다는 얼굴이었다.

"어어…… 트래킹! 트래킹 말한 거야. 이 녀석이 걷는 걸 좋아하거든. 걷다 보면 피로가 풀린다나 어쩐다나."

싱클레어의 존재를 깜박했다.

레드 드래곤인 일라이에겐 분화구와 같은 장소는 일종의 휴식처였다. 불의 정령인 스피넬처럼. 해서 아무 생각 없이 내뱉었던 에이단은 책자에서 보았던 트래킹을 떠올리며 자연스럽게 얼버무렸다.

싱클레어는 '그렇구나' 하며 싱긋 웃음을 보이고는 이내 숙소로 올라갔다.

"입조심해라, 너."

감히 누구도 일라이의 정체를 알아내진 못할 것이다. 책에서나 등장하는 드래곤이 눈앞에 있을 거라고는 상상조차 하지 못할 테니까.

하나 신중해서 나쁠 건 없었다. 일라이가 낮은 경고의 음성을 발하고는 휙 사라졌다.

"무의식중에 나오는 말을 나보고 어쩌라고."

당분간 입을 꿰매 버려야 하나, 나름 홀로 심각한 고민을 하던 에이단은 곧 밖으로 나가 잉그리드를 타고 하늘로 날아올랐다.

그러길 두어 시간쯤 지났을까.

뜻밖의 장소에서 에이단은 퀸과 조우했다. 랑트의 전경을 실컷 감상한 후 일라이나 볼 겸 인근의 분화구에 착지했을 때, 있어야 할 녀석은 없고 대신 퀸이 있었다.

"너 여기서 뭐 하냐?"

마침 퀸은 자신의 팔뚝에다가 스탬프를 찍고 있었다. 안내 책자를 읽어 보았기에 그게 무엇을 의미하는지 에이단은 너무나 잘 알았다.

"설마 너…… 급한 일이라는 게 스탬프 모으는 거였냐?"

"……."

"바율 돌상 받으려고?"

"……."

무언은 긍정이라 했다. 퀸의 팔뚝을 보아하니 여기가 마지막 지점인 듯했다. 모든 스탬프를 모았으니, 이제 바율 돌상을 얻는 일만 남았다.

에이단의 물음엔 대꾸조차 없던 퀸이 그 즉시 돌아서더니 황급히 왔던 길을 되돌아 짚어 나갔다. 그런 그의 입가엔 희미한 미소가 걸려 있었다.

3.

퀸이 수하들까지 동원해서 바율의 돌상을 얻으려 애쓰고 있을 그 시각. 로건과 라나사는 아네트, 세드릭과 함께 절망의 신전을 방문 중이었다.

랑트에 세워진 절망의 신전은 캐링스턴에 비하면 규모가 작은 편이었지만, 랑트가 소도시라는 걸 감안하면 제법 큰 축에 속했다.

신전의 입구 중앙에는 거대한 석상이 자리하고 있었는데, 아카데미에 있는 것과 모양은 조금 다르지만 분위기가 자못 비슷했다.

절망에 사로잡힌 듯 알몸의 사내가 주저앉아 머리를 부여잡고 있는 모습은 낯익은 듯하면서도 섬뜩한 느낌을 자아냈다.

듣자 하니 북부 오지임에도 란데르트 공작과 바율의 영향력 때문인지 상당한 고위급 사제가 부임되어 왔다고 한다.

절망의 신전은 여름에 내려진 신탁과 얼마 전 있었던 기적의 치료술이 널리 알려지면서 근래 가장 두각을 나타내는 곳이었다.

그래서인지 온천을 즐기러 온 관광객들이 너, 나 할 것

없이 신전을 찾아와 기도를 올렸다. 덕분에 신전 안은 북적거리다 못해 마치 시장통을 방불케 했다.

거기서 아네트를 아는 이를 만난 것은 일행이 사람들 사이를 겨우 비집고 성전 안으로 막 발걸음을 옮기려는 때였다.

"어머! 세이모어 백작 부인이 아니십니까? 어쩜, 여기서다 뵙네요!"

새하얀 여우 털 코트에 두툼한 보닛으로 머리까지 꽁꽁감싼 여인은 정말로 아네트를 반가워하는 듯했다.

하지만 아네트는 아무리 생각을 하고 또 해 봐도 눈앞의여인이 누구인지 도통 떠오르질 않았다. 어쩔 수 없었다.이럴 땐 그냥 정면 돌파가 답이었다.

"…죄송하지만 누구시죠? 제가 사교 모임에는 잘 참석하지 않다 보니, 가끔 이런 상황이 벌어지곤 한답니다. 부인께서 부디 너그러이 이해해 주셨으면 하네요."

당황은 아주 잠시였다. 아네트는 언제 그랬냐는 듯 만면에 웃음을 띤 채 정중하게 물었다.

방금까지 '절망의 신전이 요새 잘 나간다기에 와 봤는데, 별거 없구나. 분위기가 어두침침하고 삭막한 게 꼭 귀신이라도 튀어나올 것 같지 않니? 아무리 봐도 여긴 랑트와는 어울리지 않아 보여'라고 불평을 해 대던 것과는 너무나 상반된 모습이었다.

눈빛이며 말투, 허리를 꼿꼿이 세우고 손을 움직이는 일련의 동작들이 어찌나 우아하고 품격 넘치던지 라나사는 일순 다른 사람인가 하는 착각마저 들었다.

"물론이죠. 세이모어 백작님과 부인의 얼굴을 뵙는 게 얼마나 어려운 일인지 저도 알고 있답니다. 오히려 여기서 이렇게 마주치니 횡재라도 한 것 같습니다."

예의상 하는 말이 아닌 듯 상대 여인에게선 전혀 기분 나쁜 기색이 느껴지지 않았다.

"그렇게 말씀해 주시니 감사하군요. 이처럼 상냥하신 분을 만난 적이 있다면 제가 기억하지 못할 리가 없을 텐데, 이젠 그 점이 의아스러울 지경입니다."

"아마 여러 부인들과 함께 있는 자리여서 그러셨을 겁니다. 사실 당시엔 눈인사만 건넸지, 대화도 나누지 못했답니다."

"아, 그랬군요."

"아차, 제 소개가 늦었네요. 저는 이사벨이라고 합니다. 시댁 어르신이 아르하드 백작님이세요."

"어머나. 아르하드 백작님의 며느님이셨군요!"

아르하드 백작가는 제국의 중부에 자리한 가문이었다. 뜻이 없는 건지 어쩐 건지 정계에선 한 발 뒤로 물러나 있는 편이지만, 위치 덕에 일찍부터 교통의 요지로 발돋움했다.

어디 그뿐인가. 비옥한 평야에선 매해 어마어마한 양의 농작물을 생산해 내는, 꽤 부유한 집안이었다.

그리고 라나사의 기억이 맞는다면 방학 전 예절 교육 시간에 바율에게 고백했다던 에피가 바로 이사벨의 딸, 즉 아르하드 백작의 손녀였다.

"네, 백작 부인. 제 딸도 부인의 아드님과 같은 캐링스턴 아카데미에 다닌답니다. 원래는 이곳에도 함께 왔는데, 돌상인지 뭔지를 모아야 한다면서 어미를 혼자 내버려 두었지 뭡니까."

이사벨의 시선이 아네트의 옆에 선 로건과 라나사, 세드릭을 차례대로 훑었다.

"아드님들과 이렇게 함께 신전도 방문하시고. 백작 부인이 부럽습니다."

어조에 농담기가 섞여 있긴 하나, 부럽다는 말만은 이사벨의 진심이었다. 그녀는 이른 아침부터 딸의 모습을 코빼기도 보지 못하고 있었다.

"그리 부러워하실 것 없습니다. 저도 싫다는 애들을 억지로 끌고 온 거라서요."

셋 중 누구도 그런 적이 없건만, 아네트는 이사벨을 위로

하기 위해선지 자연스럽게 둘러댔다.

"여기 이 아이가 장남 로건입니다. 요 녀석은 막내 세드릭이고."

아네트가 소개하자 로건과 세드릭이 고개를 숙이며 예의 바르게 인사했다.

"그래, 반갑구나. 세이모어가의 사내들은 다들 외모가 비슷하다고 하더니, 정말 백작님을 쏙 빼닮았군요."

그 점이 퍽 신기했는지 이사벨은 로건과 세드릭에게서 눈을 떼지 못했다. 라피트가 있었다면 아마 지금보다 더 놀라고도 남았으리라.

"그리고 이쪽은 제 조카, 라나사입니다. 이 아이도 캐링스턴 아카데미에 다니고 있답니다. 1학년 때부터 기사학부 수석을 놓치지 않는 수재 중의 수재이지요. 보시다시피 얼굴도 곱지만, 기실 마음씨는 더 고운 아이랍니다."

친자식인 로건과 세드릭의 소개는 간단하게 넘긴 반면, 조카인 라나사에 대해서는 구구절절 자랑을 해 대는 아네트였다.

학부 수석은 로건도 딱 한 번 놓쳤을 뿐인데, 그에 대해서는 아예 거론조차 하지 않는다. 그에 서운할 법도 할 텐데, 당사자인 로건은 예의 무뚝뚝한 표정만 짓고 있었다.

라나사는 왠지 모르게 쑥스러워 고개를 살짝 숙였다. 이런 칭찬은 보스트리지 남작 부부와 함께 참석한 자리에서 수도 없이 들었던 것이거늘, 그때와는 느낌이 달랐다. 아주 많이.

보여 주기식이 아니라, 자신을 대하는 그녀의 진심 어린 애정이 라나사의 가슴속 어딘가를 간질간질하게 했다.

"하면 이 아이가 이번에 찾았다는……!"

이사벨은 자기도 모르게 튀어 나간 말에 제가 깜짝 놀라며 서둘러 입을 닫았다.

그러잖아도 라나사가 누구인지 궁금하던 차였다. 하지만 이런 곳에서 아네트를 만났다는 반가움에 미처 거기까지는 생각이 닿질 못했다.

"괜찮습니다, 부인. 이 예쁜 아이를 이제라도 되찾게 되어서 우리는 얼마나 기쁜지 모릅니다. 본가로 돌아가면 성대한 파티를 열 터이니 그때 꼭 참석해 주세요."

"그럼요! 불러만 주신다면 기꺼이 가겠습니다."

"에피도 함께 데리고 오세요, 부인."

인사 후 방긋 웃으며 건네는 라나사의 말에 이사벨의 눈이 동그랗게 커졌다.

"우리 에피를 알고 있니?"

"학부는 다르지만, 마주치면서 몇 번 인사한 적은 있습니다."

"그랬구나! 에피가 워낙에 조용하고 내성적인 아이라서 당연히 모를 줄 알았는데……."

이사벨은 어딘지 감격스러운 눈치였다.

그 조용하고 내성적인 아이가 바율에게 데이트 신청을 한 건 아시나요?

직접 그 장면을 보진 못했지만, 에이단과 일라이가 심심하다 싶으면 그걸로 바율을 놀려 대는 통에 라나사도 자연스럽게 듣게 되었다.

돌상까지 모으러 갔다는 걸 보면 바율에 대한 마음이 가벼운 것만은 결코 아닌 모양이었다.

낯을 가리는 성격 탓에 매번 인사할 때마다 얼굴이 붉어지던 아이가 랑트를 휘저으며 정신없이 스탬프를 찍고 있을 거라 생각하니, 라나사는 돌연 웃음이 비어져 나왔다.

"에피가 돌아오면 내일 오전에 온천에서 만나자고 전해 주시겠어요? 같이 놀면 좋을 것 같거든요."

평소라면 절대 하지 않았을, 조금은 충동적인 말이었다. 그러나 라나사는 큰어머니의 자랑에 부응해야 할 책임이 있었다.

얼굴보다 마음이 더 곱다며 실컷 칭찬을 해 놨는데, 타지에서 만난 아카데미 동급생을 모른 척할 수는 없지 않은가.

친하진 않아도 에피가 좋은 아이라는 것은 알고 있었다. 그리고 그녀의 어머니도 인상이 나쁘지 않았다. 조금 피곤하더라도 한 번쯤은 착한 조카딸 노릇이라는 걸 해 볼 참이었다.

"어머, 그럴래? 안 그래도 애가 계속 혼자만 노는 것 같아서 신경이 쓰였거든. 에피가 들으면 정말 좋아하겠구나!"

"아이들이 함께 시간을 보내는 동안 부인께선 저와 티타임이라도 가지면 되겠군요. 이미 아시겠지만, 팔레즈 호텔의 디저트 맛이 아주 훌륭하답니다."

"초대해 주시면 마땅히 가야지요! 저, 그런데 혹시 동서분도 만날 수 있는 건가요? 이렇게 예쁜 따님을 낳으신 분을 꼭 뵙고 싶네요."

이사벨은 별 뜻 없이 물은 말이었다. 그저 라나사가 이곳에 있으니 당연히 함께 왔으리라 예측했을 뿐이다.

하지만 아네트의 안색이 미묘하게 굳어지는 걸 보니, 자신이 무언가 실수했음을 알아차렸다.

"저도 하나뿐인 귀한 동서를 부인에게 소개해 주고 싶기는 합니다만…… 아무래도 그건 다음으로 미뤄야 할 듯합니다. 며칠 전 결혼식을 마치고 막 신혼여행을 시작한 참이거든요."

"아, 그래서 조카 따님만 데리고 오신 거였군요! 제가 그것도 모르고 무리한 부탁을 드렸네요."

이사벨은 아네트의 말을 뭔가 오해한 것 같았다. 라나사의 부모가 신혼여행을 이곳이 아니라 다른 어딘가로 갔다고 해석한 말투였다.

그러나 아네트는 굳이 나서서 정정하지 않았다. 형수의 로망을 처참하게 무너뜨린 망나니 도련님께선 어제부로 그림자도 볼 수 없었기 때문이다.

그래도 최소한 식사는 같이하겠지, 하며 다음 기회를 홀로 기약했건만 둘은 객실 밖으로는 아예 한 발자국도 나오지 않고 있었다.

아이들에겐 티를 안 냈을 뿐, 그래서 아네트의 심기는 매우 언짢았다. 밤새 아내의 짜증을 받아 내느라 세이모어 백작만 고생 중이라는 건 아무도 모르는 비밀이었다.

"부인, 밖에 마차가 대기 중입니다."

두 여인 간에 대화가 더 길어지려는 찰나, 이사벨의 뒤에서 호위 기사로 보이는 듯한 자가 다가와 고했다.

신전 앞은 사람들과 마차로 혼잡했기에 되도록 빨리 가야 했다.

"호텔 관리인을 통해 제가 연락드리지요."

아네트의 인사에 이사벨이 아쉬움이 뚝뚝 묻어나는 얼굴로 예를 표한 뒤 서둘러 기사의 뒤를 따랐다.

"어머니, 이쪽입니다."

그사이 방문객들이 많이 빠진 듯, 신전 안이 조금은 고요해졌다. 로건이 성전을 가리키며 눈짓하자 아네트가 고개를 끄덕이며 안으로 들어갔다. 어쨌든 왔으니 소원 하나는 빌고 가야겠다는 심산이었다.

하지만 얼마 가지 못해서 그들은 또 뜻밖의 인물과 마주했다.

"어? 저분은……."

"왜 그러니, 라나사?"

"누님, 왜 그러세요?"

아네트와 세드릭이 거의 동시에 물으며 라나사의 시선을 따라가 보았다.

"아는 사람이니?"

"저 청소부 말씀하시는 거예요?"

그들의 눈에 비친 건 길쭉한 밀걸레를 든 데스였다.

평소라면 가벼운 마력 한 방으로 신전 전체를 깨끗이 만들었을 그가 어울리지 않게 청소 용품 따위를 들고 서성거리는 이유는, 신전을 찾는 손님들 때문이었다.

신전을 오가는 이들이 많으면 많을수록 바닥이 지저분해지는 건 당연지사다. 더욱이 랑트는 눈이 펑펑 내리는 지역이었고, 차가운 눈은 응당 따뜻한 실내에서 녹기 마련이었다.

물기 가득한 바닥을 노려보는 데스의 눈빛이 형형하게
빛났다.

'아 나, 진짜! 내가 여기서 왜 이러고 있어야 하는 건데!'

일단 평범한 인간 행세를 하는 이상, 보는 눈이 있으니
마력은 사용할 수 없었다. 그리고 그런 그에게 떨어진 리타
의 엄명은 '절망의 신전이 지저분한 인상을 주어서는 절대
안 된다'는 것이었다.

그녀는 이따 란데르트 공작과 함께 올 예정이라서 지금
이곳에 없었지만, 데스는 어째선지 그 말을 거역할 수가 없
었다. 그래서 무려 손수 밀걸레를 들고 자신을 모시는 성전
바닥을 닦고 있었다.

'제기랄!'

하지만 아무리 리타의 말이라도 더는 못하겠다. 마계 총
사령관인 그가 인간계에서 걸레질이나 하고 있다는 걸 대
마족들이 알면 웃음거리가 될 게 뻔했다.

리타의 음식 앞에서 매번 비굴해지는 데스지만, 그에게
도 나름의 선이라는 게 있었다. 그 선은 반드시 지켜야만
했다.

걸리지만 않으면 되는 거잖아?

데스가 힐긋 주변을 돌아보더니, 어두운 구석으로 슬그
머니 몸을 이동했다.

그리고 사람들이 있거나 말거나 마력을 슬쩍 방출했다. 그러자 그를 중심으로 성전 바닥이 윤이 날 만큼 반짝거리더니 그 빛이 사방으로 사르르 번져 갔다.

실내의 누구도 그런 광경에 관심을 두지 않았지만, 딱 한 사람. 라나사의 보라색 눈동자가 그 기이한 장면을 고스란히 담았다.

'뭐지?'

그녀가 미간을 찌푸린 채 열심히 고민해 보았지만, 쉬이 답을 내릴 수가 없었다.

Chapter 2.
음모의 시작점

1.

오후 5시경. 란데르트 공작이 만월 기사단을 이끌고 랑트에 들어섰다.

군마를 타고 대로를 가로지르는 만월 기사단의 위용은 가히 소문대로였다. 그들의 당당하고 늠름한 자태에 랑트의 시민들은 물론, 온천을 찾은 많은 이들이 한순간에 마음을 빼앗겼다.

왜 아니겠는가.

명성은 하늘을 찌르지만, 실상 만월 기사단을 직접 보기란 매우 요원한 일이었다. 그들의 실력이 발현되는 곳은 도시가 아닌 전쟁터였고, 특별한 일이 없는 이상 황도에도 항시 소수의 정예만이 오가기 때문이었다.

전장과 해밀턴.

지금까지는 딱 이 두 곳에서만 볼 수 있었던 만월 기사단의 실체를 예상치도 못한 랑트에서 목격하게 되었으니, 그야말로 누구에게든 자랑하고도 남을 만한 얘깃거리였다.

란데르트 공작이 전쟁 지역도 아닌 이곳에 만월 기사단을 데려온 이유는 명확했다.

계절은 북풍이 불어오는 추운 겨울이었고, 랑트와 인접한 해밀턴은 유난히 더 바람이 차가웠다.

이 혹독한 겨울을 이겨 내면 만월 기사단은 언제나 그래 왔듯 한층 더 성장할 것이다. 해서 그 지독한 추위를 견디기 전, 단원들의 사기를 북돋고자 온천행을 떠올린 것이다.

물론 그러한 심리 저변에는 하나뿐인 아들의 영지가 부흥하는 데 일조하고자 하는 의도도 있었다.

"란데르트 공작 전하 만세!"

"만월 기사단 만세!"

십년전쟁이 끝난 지도 벌써 수 해가 지났건만, 공작과 기사단을 향한 제국민들의 애정은 식기는커녕 날이 갈수록 더 커져만 갔다.

란데르트 공작과 만월 기사단의 모습이 완전히 시야에서 사라질 때까지 대로 곳곳에서 그들을 찬양하는 외침이 끊이지 않고 터져 나왔다.

그 소리는 근교 시찰을 마치고 팔레즈 호텔로 귀가한 바율의 귀에도 선명하게 들려왔다. 랑트의 경비 체제에 대해 논의 중이던 바율과 사다드는 누가 먼저랄 것 없이 서둘러 호텔의 일 층으로 내려갔다.

세이모어 백작과 그의 식구들은 이미 도착해 있었고, 친구들과 이언, 그리고 마황과 데스까지 속속 모습을 드러냈다. 마족 형제들의 표정이 유난히 밝아 보이는 게, 리타가 오길 어지간히도 기다린 모양이었다.

보이지 않는 건 아이작과 클로에뿐이었다. 어제부터 룸서비스로 식사를 해결하고 있는 그들에게 오늘 있을 지녁 만찬 소식을 알렸지만, 돌아온 건 참석하지 않겠다는 답변뿐이었다.

그래도 아버지께서 친히 오셨는데 설마 얼굴은 비치시겠지, 하고 생각하던 바율은 정녕 식사가 시작되고도 그들이 나타나지 않자 혀를 내둘렀다.

아무리 신혼여행이라지만 주군에게 인사조차 하지 않는 기사가 대관절 어디에 있단 말인가?

그러나 정작 란데르트 공작은 그 점에 대해선 딱히 신경 쓰지 않았다. 오히려 아이작의 욕을 하는 세이모어 백작과 단원들에게 '사랑이란 본디 그런 것'이라며 훈수까지 두었다.

"그러고 보니 예전에 단장님은 더하셨지."

"맞아, 맞아."

단원들 사이에서 영문 모를 말이 들려오기도 했지만, 공작의 질문이 이어지는 바람에 바율은 그에 대해 물어볼 새가 없었다.

"오다 보니 처음 개장한 것 치고는 방문객이 상당한 듯하더구나. 어떠냐? 적자는 면할 수 있을 것 같으냐?"

"안 그래도 사다드 경과 그 점에 대해 얘기해 보았는데, 이대로만 간다면 다음 달부터 바로 흑자로 돌아설 수 있을 것 같습니다."

"다음 달?"

그들이 밟고 있는 땅은 얼마 전까지만 해도 몬스터로 득실거리던 곳이었다. 온천탕밖에 없던 오지를, 작은 마을도 아니고 도시로 탈바꿈하는 데 들어간 자금은 결코 적지 않을 것이다.

그런데 벌써 그 모든 걸 회수하고 다음 달부터 이득을 볼 수 있다는 게 실로 가능한 일인가?

란데르트 공작뿐 아니라 다들 눈이 휘둥그레져서는 바율을 바라보았다. 그러자 바율과 두어 자리쯤 떨어져 앉아있던 사다드가 몹시 기분 나쁜 기색으로 끼어들었다.

"반응들이 왜들 그러십니까? 설마 못 믿겠다, 뭐 그런 겁니까?"

"선배, 믿기지가 않는 게 당연하죠. 제가 잘은 몰라도 자본금이 꽤 많이 들어갔을 것 같은데, 그걸 한두 달 만에 메꾸는 게 가능한 일입니까?"

"관광객들이 집으로 돌아가서 소문만 더 잘 내 준다면 당장 이달에도 순이익을 노려 볼 수 있는 상황인데?"

"예에?"

사다드가 허튼소리를 하는 타입이 아니라는 걸 누구보다 잘 아는 헤이즈지만, 시금 말만은 진실로 받아들이기 어려웠다.

"랑트를 온천 도시로 만들기 전에 가장 큰 예산을 잡았던 분야가 건물을 올리고 도로를 내는 부분이었어. 그리고 온천 호수를 정비하는 일이었지. 근데 이걸 누가 했지?"

"아……."

사다드의 설명은 짧았으나, 식사하는 모든 이들이 바로 이해했다. 그리고 그들 전부는 약속이라도 한 듯, 홀을 쏘다니며 빈 접시를 바로바로 주방으로 나르는 템페스타에게로 향했다.

녀석은 직원들이 하도록 놔두라는 바율의 말을 들은 척도 안 했다. 해밀턴에서 재미를 붙였는지, 만찬이 벌어지는 날이면 어김없이 찾아와 일손을 보탰다.

템페스타에게 서빙은 일종의 재미난 놀이 같은 것이었다.

"공작 전하께서 절벽을 호텔로 개조해 보자는 아이디어를 제공해 주셨고, 셰임이 그걸 아주 훌륭하게 해결해 주었습니다. 랑트에 오려면 반드시 지나야 하는 돌산의 터널에 어떤 이름이 붙었는지 아십니까?"

"이름이요?"

그건 바율도 금시초문이었다.

"네. 제가 랑트를 알리기 위해 광고지도 뿌리고, 이렇게 책자도 제작했습니다. 그 안에 도시가 건설된 배경에 대해서도 살짝 수록을 해 놓았죠."

바율도 읽어서 알고 있었다. 사다드는 랑트를 홍보하는 데 정령들의 존재를 가감 없이 사용했다.

"그래서 사람들이 셰임 터널이라고 부르는 거였군."

"벌써 들으셨습니까?"

"내 귀가 밝은 편이라."

란데르트 공작은 그저 어깨를 으쓱였다. 군마를 타고 오는 동안 사람들의 환영 소리만 들은 게 아니었다. 감각이 예민한 공작은 이런 식으로 정보를 얻는 일이 잦았다.

"맞습니다. 셰임 터널, 템페스타 전망대, 이노센트호, 스피넬 화산. 정령들이 도움을 준 걸 사람들도 알게 되어선지 어느새 곳곳에 정령들의 이름이 붙으면서, 랑트 역시 정령 도시로 불리고 있습니다. 자연재해가 끊임없이 일어나는 지금과 같은 때, 정령과 정령사가 있는 도시로 오고 싶지 않을 제국민들이 과연 있을까요?"

사다드는 빙긋 웃으며 말을 이었다.

"아마 얼마 안 가 타국에서도 관광객들이 많이 몰려들 겁니다. 전 지금 벌써 도시 증축 계획을 세우고 있다고요."

더 많은 인원을 수용하려면 팔레즈 호텔과 같은 고급 숙박 시설은 물론, 독채 펜션과 민박 쪽으로도 점점 범위를 넓혀야 했다.

"아무튼 제가 드리고 싶은 말씀은, 정령들의 도움으로 예산이 크게 줄어든 덕에 손익 분기점을 넘길 시기가 앞당겨졌다는 겁니다. 생각해 보십시오. 때마다 보수 공사도 해야 하는데, 그 역시 정령들이 다 해 줄 것 아닙니까? 앞으로도 그런 쪽으로는 쭉 비용이 들지 않을 거란 뜻이지요."

지금만 해도 이노센트가 온천 호수가 깨끗하게 유지될 수 있도록 매일 빠짐없이 정화 작업을 해 주고 있었다.

틈틈이 사람들 앞에 나타나 짓궂게 장난을 치기도 하지만, 당하는 이들은 외려 정령을 볼 수 있다는 이유로 환호하곤 했다.

"게다가 랑트를 찾는 손님들은 온천만 즐기는 것이 아닙니다. 신전에 들러 헌금도 내고, 상점을 돌며 필요한 물건이나 기념품을 사들이죠. 관광객의 지갑은 의외로 쉽게 열려서 상가에서 벌어들이는 수익도 만만치 않습니다."

사다드의 말을 듣던 아네트는 자기도 모르게 고개를 주억였다. 어제와 오늘, 고작 이틀이란 시간을 랑트에서 보냈건만 그녀가 사들인 물품의 양은 어느새 트렁크에 다 들어가지도 못할 지경에 이르렀다.

추위를 이겨 낼 수 있는 두툼한 옷들과 모자, 장갑 따위의 방한용품은 당연하고, 온천욕에 필요한 잡동사니들, 여인들이 좋아할 만한 장신구와 랑트에서만 구입할 수 있는 특산품 등이 그녀로 하여금 그냥 지나칠 수 없도록 만들었다.

음식들은 또 왜 그렇게나 맛있던지. 팔레즈 호텔뿐 아니라 대로변의 크고 작은 식당에서 선보이는 요리들도 어느 것 하나 맛없는 게 없었다.

"제가 장담하는데, 조만간 바율 도련님께선 제국에서 제일가는 자산가가 되실 겁니다. 레오네트 백작님이 긴장하셔야 할지도 모를 만큼 말입니다."

사다드가 에이단을 보며 장난스럽게 말을 마무리했다.

"사다드 경, 농이 지나치십니다. 레오네트 가문이 얼마나 대단한데요. 정령들 덕분에 일이 조금 쉽게 진행되었을 뿐입니다."

"아니야, 바율. 사다드 경의 말씀도 일리 있어."

레오네트 가문의 재산 규모에 대해서 잘은 모르지만, 바율은 자신이 감히 넘볼 수 없는 수준이라고 생각했다.

그런데 정작 그 가문의 사람인 에이단이 사다드의 편을 들고 나섰다.

"지금 당장은 당연히 무리겠지만, 랑트가 점점 발전하면 그런 날이 정말 올지도 모른다고. 정령들의 존재는 그 자체로 엄청난 화젯거리잖아. 정령사인 너도 말할 것 없고. 내가 하늘에서 봤는데, 네 돌상을 갖겠다고 다들 스탬프 찍으러 다니고 난리도 아니더라."

에이단이 슬쩍 퀸을 돌아보며 피식피식 웃음을 삼켰다. 마음 같아선 대놓고 더 놀려 대고 싶은데, 퀸의 싸늘한 눈빛이 더 했다가는 후회하게 될 거란 경고를 보내왔다.

"돌상이라니요? 그게 뭐예요?"

본성에선 바율의 시중도 들고 재스퍼 가족을 돌보는 등 바쁘게 지내는 리타지만, 랑트에서는 별달리 할 일이 없었다. 공작과 바율의 배려로 휴가 비슷한 시간을 보내고 있던 리타의 귀가 쫑긋 세워졌다.

"아, 리타는 아직 모르는구나?"

에이단은 자상하게 스탬프를 모으는 법과 그걸 전부 얻

으면 바율의 돌상을 상품으로 받을 수 있는 것까지 설명해 주었다.

"우, 우와! 진짜요? 스탬프만 찍으면 도련님의 석상을 얻을 수 있는 거예요?"

바율에 대한 리타의 애정은 친부인 란데르트 공작 못지 않다는 걸 모두가 알고 있다. 안경 너머 그녀의 눈이 반짝 반짝 빛을 발하더니, 어느 순간 그녀가 외쳤다.

"저도 모아야겠어요!"

"리타, 내 얼굴이라면 수없이 봐 놓고 그건 뭐 하려고……."

바율은 아무리 생각해도 민망했다. 미리 제작해 두었던 자신의 돌상이 거의 다 소진되어서 바쁘게 다시 작업에 들어갔다는 말을 들었을 땐, 그대로 먼지가 되어 사라지고 싶었다.

한데 리타마저 그걸 갖고 싶어 할 줄이야.

"뭐 하긴요! 제 방에 고이 모셔 둬야지요. 다른 사람도 아니고 도련님 돌상인데, 제게 없는 게 말이 되나요? 스탬 프 찍으려면 어디로 가야 해요?"

리타는 실천력이 빠른 편이었다. 그녀가 식사 도중이라는 것도 잊은 채 주먹을 불끈 쥐며 자리에서 일어났다.

"앉아."

그때 조용히 입 다물고 식사에만 몰두 중이던 데스가 손가락을 위에서 아래로 까딱였다.

"…왜요?"

그에 리타가 자리에 다시 앉으며 불퉁한 눈빛으로 그를 째려보았다. 마치 네가 뭔데 앉으라 마라 하냐는 듯.

"밖에 추워."

"그래서요?"

"스탬프 전부 찍으려면 시간이 제법 걸려."

"그러니까 그게 어쨌다는 건데요?"

시간이 걸리는 일이니 더더욱 한시라도 빨리 시작해야 하는 거 아니냐며 리타가 쏘아붙이려는 찰나, 데스가 탁자 위로 뭔가를 툭 올려놓았다.

"…이게 뭐예요?"

"보면 몰라? 바율 돌상이잖아."

"설마…… 그거 저 가지라는 건 아니죠?"

왜 아니야?

보나 마나 돌상을 받겠다고 이리 뛰고 저리 뛰고 할 게 뻔했다.

그래서 미리 슬쩍 하나 마련해 뒀는데, 뭐 문제 있어?

데스의 표정을 해석하자면 거의 이와 비슷했다.

"엄한 데 힘쓰지 말고 먹기나 해."

생각지도 못한 친절에 당황한 나머지 어버버 말을 잇지 못하는 리타에게 시큰둥하게 말한 데스는 다시 식사에 집중했다.

"오오, 역시 리타야."

"대단해."

데스의 정체를 아는 이들은 리타에 대한 데스의 충성심(?)에 다시 한번 탄복하며 잔을 부딪쳤다. 키득거리는 웃음소리 사이로 라나사와 싱클레어의 시선이 데스에게 향했지만, 그에 신경 쓰는 사람은 아무도 없었다.

"그러고 보니, 에피라고 했던가?"

데스가 올려 둔 돌상을 보니 아네트는 문득 신전에서의 만남이 떠올랐다.

"그랜트, 당신도 아르하드 백작님 알죠? 그분 며느님이 딸과 함께 랑트에 왔더라고요. 그래서 내일 낮에 티타임을 갖기로 했는데, 괜찮겠죠?"

아르하드 백작은 줄곧 정치에 뜻이 없음을 드러냈지만, 곧은 성정과 훌륭한 인품 덕에 따르는 귀족이 많은 자였다.

그는 풍요로운 땅을 소유한 이답게 인심도 후해서 형편이 어려운 학자나 몰락 귀족의 자제들을 후원하는가 하면, 부모를 잃고 고아가 된 아이들을 위해선 선뜻 잠잘 곳과 먹을 것을 내어 주기도 했다.

백작의 후원을 받고 고시에 합격한 이들이 보답하고자 찾아가면, 그저 나라를 위해 애써 달라는 뜻만 전할 뿐 그 어떤 청탁도 한 적이 없다고 알려져 있다.

적은 없고, 언제든 손을 뻗으면 두 팔 걷고 도와줄 이가 부지기수인 인물.

그래서 정치가가 아님에도 도당에서 아르하드 백작은 대하기가 꽤 까다로운 귀족이었다.

작금의 황실은 곧 태어날 카트린느 황비의 자식 때문에 대단히 어수선했다. 그 아기가 사내아이일 거라는 건 벌써 공공연히 알려져 있었다.

낳기 전까진 모른다며 아직 중립을 지키는 이도 있지만, 정치판의 흐름은 마치 홍해가 갈라지듯 린데만 황태자파와 보이텍 후작을 지지하는 귀족파로 나뉜 상태였다.

이런 시국에 아르하드 백작이 아직 태어나지 않은 두 번째 황자 쪽을 돕는다면, 중립을 고수하던 귀족들이 그를 따를 수도 있었다.

물론 겉보기에 백작은 여전히 정계에 관심을 보이지 않고 있긴 했다.

그래도 미래는 모르는 법.

아내가 남편의 뜻에 반할 수는 없으니, 조금 전 아네트의 물음은 만약 자신이 조심해야 할 것이 있다면 미리 알려 달라는 의미였다.

"괜찮지 않을 게 뭐가 있겠소. 마침 나도 형님과 중히 할 일이 있었는데, 당신에게 말벗이 생긴 듯하니 잘되었군."

"여기까지 와서 해야 할 일이 있다고요?"

그들은 엄연히 쉬러 온 것이었다. 물론 수행원들을 데려오긴 했지만, 그건 그저 한 영지의 영주로서 으레 보이는 형식적인 모습에 불과했다.

"칠흑의 기사단과 만월 기사단이 한자리에 모이는 일은 흔하지 않소."

"…그 말씀은, 기사단끼리 대련이라도 하시겠다는 말씀이세요?"

답은 들을 필요도 없었다. 세이모어 백작의 눈빛은 이미 기대감으로 번뜩이고 있었다.

그뿐만이 아니었다. 만찬에 참석한 양쪽 기사단의 기세 역시 심상치 않았다.

만월 기사단은 마에스터의 경지에 오른 란데르트 공작이 이끄는 제국 최고의 기사단이었다.

그리고 지금은 비록 만년 이등 신세지만, 칠흑의 기사단은 만월 기사단이 등장하기 전까지만 해도 제국에서 제일가는 기사단이라 불려 왔다.

만월 기사단이 아니면 대륙 어디를 가도 최고라 칭송받

을 수 있는 실력을 갖춘 이들로 구성되어 있다고 해도 과언이 아니었다.

때문에 란데르트 공작은 열외로 치고, 단원들끼리만 붙는다면 결코 지지 않을 거란 자신감이 그들에겐 있었다.

"흐음, 도전을 하겠다는 건가?"

포도주를 한 모금 음미하며 란데르트 공작이 느른하게 묻자, 세이모어 백작과 칠흑의 기사단이 합창이라도 하듯 소리쳤다.

"그렇습니다! 받아 주십시오, 공작 전하!"

"어휴, 귀청 떨어지겠네! 아무튼, 남자들은 정말 못 말린다니까! 안 그러니, 라나사?"

아네트는 투덜거리며 동의를 구하기 위해 조카딸을 향해 몸을 돌려세웠다. 하지만 그녀는 예상과는 전혀 다른 모습과 맞닥뜨렸다.

"라나사……?"

늘 얌전하고 예의 바르게 굴지만, 표정의 변화가 거의 없어서 속으로 안타까워만 했었다. 녀석의 좋지 못한 과거사가 상처가 되어 감정을 표현하는 데 무뎌졌다고 여겨 왔다.

그런데 평소의 그 무표정함은 어디 가고, 웬 생기 넘치는 소녀가 양손을 가지런히 모은 채 고양된 낯빛을 감추지 못하고 있다.

그런 라나사의 시선을 따라가 보니, 서로에게 무어라 엄포를 놓으며 기 싸움을 하고 있는 만월 기사단과 칠흑의 기사단이 있었다.

사랑?

아니다.

이건 선망이었다.

동경의 대상을 갈구하는 듯한 눈빛.

옆을 보니 로건과 라피트, 세드릭. 세이모어가의 삼 형제도 비슷한 얼굴을 하고 있었다.

아네트의 안색이 순식간에 흙빛으로 변했다.

귀엽고 어여쁜 조카딸이 생긴 줄로만 알았는데, 어째선지 아들이 하나 더 느는 것만 같은 묘한 기분이 들었기 때문이다.

또다시 외톨이가 되는 걸까?

우울함이 아네트를 잠식하려는 그때, 세이모어 백작이 다정하게 아내의 손을 잡았다.

"내일 티타임 때 제수씨도 함께하면 어떻겠소? 기사단끼리 붙게 되었으니, 아이작 그놈도 더는 방에만 처박혀 있지 못할 것이오."

"아, 맞아요! 동서가 있었죠!"

잠시 잊고 있었다. 그녀에겐 착하고 여린 동서가 있다는 걸.

"당신, 정말이죠? 꼭 도련님 데려가는 거죠?"

"형님이 부르면 제 놈이 안 나오고 버틸 수 있을까? 염려 마시오."

"저기……."

라나사가 조심스러운 목소리로 불쑥 끼어든 것은 그때였다.

"실례가 안 된다면 저도 참관할 수 있을까요?"

그녀의 성격을 아는 친구들은 '그럼 그렇지' 하고 웃은 반면, 라나사를 잘 모르는 양쪽 기사단은 호기심에 찬 눈빛으로 그녀를 바라봤다.

평소 아이삭이 만월 기사단원들에게 딸 자랑을 하긴 했지만, 그들이 라나사의 실력을 직접 본 적은 없었다.

그리고 그건 칠흑의 기사단 역시 마찬가지였다. 그들도 그녀가 순흑빛 오러를 발산했다는 소식을 듣기만 했지, 목도하지는 못했다.

"실례라니. 라나사, 넌 충분히 자격이 있단다."

란데르트 공작이 바로 허락하자 라나사가 마치 세상을 다 얻기라도 한 듯 환하게 미소 지으며 넙죽 고개를 숙였다.

"감사합니다, 공작 전하!"

"말이 나온 김에 너희 모두 참석하거라. 좋은 공부가 될 것이다."

"네, 공작 전하. 감사합니다!"

에이단과 로건, 라피트, 그리고 어린 세드릭까지. 그들 모두 장차 멋진 기사가 되기를 희망하는 꿈나무들이었다. 녀석들이 생각지도 못했던 행운이라며 신이 나서는 발을 동동 굴렀다.

"아버지, 저희도 구경 가도 되죠?"

바율을 포함한 나머지 친구들은 신체 단련과는 거리가 먼 부류였다.

본래 기사단끼리의 대결은 일반인의 출입을 엄격히 금지하고 행해지는 것이 원칙이지만, 바율은 그의 아들이었다.

"물론이다."

란데르트 공작이 다시 한번 흔쾌히 수락하자 재미난 구경거리가 생겼다며 일라이가 휘파람을 불었다.

그때 아네트는 문득 오전의 만남이 생각났다.

"하면 라나사, 에피는 어떡할 거니? 내일 온천에서 만나기로 했잖니."

"아…… 그건 미루자고 하면 되지 않을까요?"

이래서 사람은 안 하던 짓을 하면 안 되는 거였다. 착한 조카딸 노릇에 부응하겠다고 충동적으로 한 말에 순간 발목이 잡혔다.

"에피라는 아이는 라나사 너와 아는 사이인 게냐?"

"네, 백부님. 저와 같은 아카데미 2학년생이에요."

"어라? 라나사, 설마 그 에피를 말하는 거야?"

에이단의 '그 에피'란 바율에게 고백했다 차인 바로 '그 에피'가 맞았다. 초반에 아네트의 말을 흘려들었던 에이단은 라나사가 긍정의 고갯짓을 하자 어느덧 입가에 악동 같은 미소를 머금었다.

"공작 전하, 혹시 들으셨습니까?"

녀석의 음흉한 눈빛이 마음에 걸렸다. 안 좋은 조짐을 예감한 바율이 그만하라는 신호를 강하게 보냈지만, 발놈이 걸린 에이단은 멈추지 않았다.

"우리 바율이 말입니다. 글쎄, 데이트 신청을 받았지 뭡니까!"

"…데이트 신청?"

"네! 좀 전에 백작 부인께서 말씀하신 에피 말입니다. 그 아이한테서요."

란데르트 공작은 처음 듣는 얘기였다. 바율을 수행하는 이언도, 그를 모시는 리타도, 마족들과 만월 기사단 모두 전부 당황했는지 입을 벌린 채 눈만 끔벅거렸다.

바율과 데이트라니.

어딘지 미묘하게 어울리지 않는 단어 조합이었다.

"그럼 이제 바율 형 결혼하는 거예요?"

소란하던 실내가 잠시 얕은 침묵에 빠졌을 때, 느닷없이 세드릭이 또랑또랑한 목소리로 바율에게 물었다.

"…세드릭, 그게 무슨 말이야. 갑자기 결혼이라니……."

바율은 속이 울렁거리며 괜히 얼굴이 빨개졌다. 그저 케이크를 먹으러 가잔 말을 한 번 들었을 뿐인데, 그게 왜 이런 사태로 번진 건지 에이단이 원망스러워지려고 했다.

"어머님이 그러셨어요. 나중에 커서 이성과 데이트를 하면 결혼해서 자식을 낳아야 한다고요. 맞지요, 어머님?"

그와 엇비슷한 이야기를 한 적은 있었다. 물론 중간에 이가 많이 빠졌지만, 결과적으로는 크게 다르지 않아 아네트는 무어라 부정하기도 힘들었다.

"세드릭, 이 멍청한 놈아. 데이트 한 번 했다고 무조건 결혼하는 게 말이 되냐? 그리고 바율 형은 데이트 신청을 받은 거지, 데이트를 한 건 아니잖아. 아무리 어려도 그렇지, 이런 자리에서 그런 폭탄을 터뜨리면 어떡해? 너 어디 가서 내 동생이라고 하지 마. 쪽팔리니까. 알았어?"

세드릭의 질문에 눈알만 뒤룩뒤룩 굴리며 망설이는 아네트를 대신해서 나선 건 둘째 아들이었다. 라피트는 평소처럼 돌려 말하는 법 없이 어린 동생에게 독설을 날렸다.

"형님은…… 제가 창피합니까?"

마지막 말이 꽤 충격이었는지 부르르 몸을 떠는 세드릭의 눈에 습기가 차올랐다.

자신이 뭘 잘못했는지는 정확히 모르겠지만, 분위기를 보니 꾸중을 들을 만한 상황인 것 같기는 했다.

그래도 어디 가서 동생이라고 말하지 말라는 건 녀석의 여린 가슴에 큰 생채기를 냈다.

"아니야, 세드릭. 라피트 형이 그냥 장난으로 하는 말이야. 우리 세드릭이 얼마나 멋진데."

즐거워야 할 식사 자리가 망쳐진다면 세드릭은 괜한 자책감에 더 큰 상처를 받을 수 있었다. 라니사는 서둘러 사촌 동생의 머리를 쓰다듬으며 다정하게 위로했다. 물론 그러면서 라피트를 노려보는 것도 잊지 않았다.

"그래, 내 아들이 데이트 신청을 받았단 말이지?"

그런 와중, 란데르트 공작의 웃음기 서린 말에 장내 분위기가 순식간에 바뀌었다. 바율은 마지못해 쭈뼛거리며 대답했다.

"그게 꼭…… 데이트 신청이 아닐 수도 있습니다, 아버지."

"그렇게 생각하는 이유는?"

"그냥…… 시간 되면 케이크나 먹으러 가자고 한 게 전부라서요."

"그래서, 케이크는 먹었고?"

"아니요. 마침 선약이 있어서 먹지는 못했습니다. 아마 에피도 친하게 지내자는 뜻으로 가볍게 건넨 말이었을 거예요."

자신이 왜 이런 변명을 하고 있는지 모르겠다고 생각하면서도, 바율은 필사적이었다.

"이사벨 부인 말이, 에피라는 아이가 돌상을 모으러 다닌다고 하던데……."

"부인, 지금은 그런 말을 하기에 적절한 때가 아닌 것 같소."

세이모어 백작이 황급히 아내를 저지했지만, 이미 그녀의 입은 다시금 벌어진 후였다.

"랑트까지 와서 돌상을 모으는 걸 보면, 바율에 대한 마음이 꽤 진지한 것 같은데요? 안 그런가요, 공작 전하?"

"어머니."

로건도 그만하라는 듯 어머니를 향해 눈짓했지만, 아네트는 확고했다.

"자고로 여자든 남자든 결혼을 잘하려면 적당히 이성을 만나 봐야지. 난 말이야, 죽자 살자 쫓아다니는 너희 아버지 때문에 연애 한 번을 못 해 봤다고. 그게 지금 얼마나 억울한 줄 아니?"

"여보! 당신 그게 무슨 뜻이야? 나와의 혼인을 후회하고 있다는 건가?"

아내의 청천벽력과도 같은 말에 세이모어 백작이 펄쩍 뛰었다. 그는 이제껏 바율이 한 번도 본 적 없는 기괴한 표정을 짓고 있었다.

분노와 아픔이 점철된, 어떤 기이한 감정이랄까.

"부부 싸움은 둘만 있는 장소에서 하는 걸 추천하겠네. 여기, 저기 두 분을 숙소로 모시거라."

일촉즉발의 상황.

그러나 란데르트 공작은 이런 순간을 처음 겪는 게 아닌지 여유롭게 직원을 불러 명령했다.

그 직원의 뒤를 따라 세이모어 백작이 씩씩거리며 걸었고, 아네트는 잘못한 것이 없으니 전혀 미안하지 않는다는 듯 당당히 턱을 들고 레스토랑을 나섰다.

"막내야. 아무래도 오늘 넷째 생길 것 같다."

라피트가 세드릭의 귀에 대고 속삭였지만, 이미 둘째 형에게 상처를 받을 대로 받아 버린 세드릭은 고개를 팩 꺾으며 들은 체도 않고 라나사의 허리를 끌어안았다. 역시 그에겐 누나밖에 없었다.

2.

타다닥. 타다닥.

꺼져 가던 벽난로를 향해 바율이 손가락을 튕기자, 삽시간에 불길이 화르르 타올랐다.

캐링스턴에서 쭉 함께 지내는 이언과 맥, 그리고 친구들에겐 이젠 제법 익숙한 광경이라 그리 놀랍지도 않았다.

하지만 떨어져 지내는 시간이 많을 수밖에 없는 란데르트 공작과 헤이즈 등은 바율의 능력을 알면서도 직접 보고 있자니 새삼 신기하게 느껴졌다.

초대는 받았지만 다른 친구들에 비해 상대적으로 아직 그리 친한 관계는 아닌 싱클레어 역시 놀란 기색을 숨기지 못하고 감탄의 눈빛을 보냈다.

"이게 그렇게 어려운 일이 아니라서요."

바율은 겸연쩍어하며 괜히 앞에 놓인 찻잔을 입으로 가져갔다.

그들은 현재 레스토랑에서의 만찬을 마치고 바율이 주거 공간 겸 집무실로 사용하는 호텔의 꼭대기 층에서 차와 다과를 즐기는 중이었다.

참고로 만월 기사단과 칠흑의 기사단은 오늘 아예 날을 잡은 듯, 아직까지도 술판을 벌이고 있었다.

내일 있을 대련을 위해 그만 파하는 게 좋지 않겠냐고 걱정스레 말하던 바율에게 사다드와 이언은 단호히 고개를 저으며 한마디 했다.

"싸움은 이미 시작되었습니다."

"예? 그게 무슨……."

"가장 늦게까지 버티는 쪽이 이기는 거죠."

"버틴다고요? 설마 마지막까지 쓰러지지 않고 술자리를 지키는 쪽이 이기는 거라는, 뭐 그런 말씀입니까?"

"맞습니다. 오늘은 1차전이고, 내일이 2차전인 셈이죠."

"기세를 잡으려면 이 1차전이 아주 중요합니다."

그리 말한 이언과 사다드는 자고로 이런 결투는 밑의 후배들에게 맡기는 것이 관례라며 먼저 빠져나왔다.

"지면, 알지? 올겨울이 유난히 혹독한 계절이 될 수도 있다는 걸 명심하도록."

마지막으로 헤이즈까지 살벌한 경고를 날리고는 이곳에 합류했다. 과연 어느 쪽이 승기를 잡게 될는지 궁금해지는 순간이었다.

"이 녀석이 그새 잠이 들었네요. 저는 먼저 가 봐야 할 것 같습니다, 공작 전하."

라나사에게 찰싹 달라붙어 있던 세드릭은 자리를 옮기고

얼마 되지 않아 어느새 꾸벅꾸벅 졸며 라피트의 품에 안겨 있었다.

둘째 형과는 이제 말도 섞지 않겠다고 선포 아닌 선포를 한 게 불과 한 시간도 채 되지 않았거늘, 지금은 정작 그 형의 품 안에서 세상모르고 편안하게 잠든 상태였다.

내일 아침 녀석이 이 사실을 알게 되면 어떤 표정을 지으려나. 바율은 웃음이 비어져 나오는 걸 애써 참아 냈다.

"내가 데려갈 테니 넌 더 놀아."

"아니에요, 누나. 이제껏 이 녀석 때문에 고생했는데, 이제라도 좀 쉬어야죠."

라나사의 만류에도 라피트는 됐다며 성큼 일어섰다.

"그럼 공작 전하, 내일 연무장에서 뵙겠습니다."

"그래, 잘 자거라."

"내일 두 기사단의 대련을 제대로 관람하려면 형들도 얼른 눈들 붙여요. 이 아우는 이만 물러납니다."

공작 앞이라서 그런지, 라피트가 평소보다 예의 바른 척 인사를 남기고는 동생을 데리고 숙소로 돌아갔다.

"로건, 네가 안 가 봐도 되는 거야?"

"나? 내가 왜?"

"그게, 아까 세드릭이 라피트는 이제 정말 싫다고……."

"아아, 그거?"

로건은 재미있는 얘기를 듣기라도 한 양 피식거렸다.

"그런 말은 세드릭이 라피트에게 매일같이 하는 소리야. 근데 녀석도 말만 그러지, 라피트를 얼마나 잘 따른다고. 아마 나보다 더 좋아할걸?"

"왠지 이번에는 다를 것 같은데……."

바율의 눈길이 잠시 라나사에게 머물렀다. 그러자 이해한다는 듯 로건이 바로 고개를 끄덕였다.

"그럴 수도 있겠네. 확실히 라나사는 막강한 경쟁자지."

"삭막한 형들과 지내다가 사근사근한 누나가 생겼으니 얼마나 기쁘겠냐? 내가 세드릭이라도 완전 좋겠다."

"에이단, 너 그 말 진심이냐?"

일라이가 갑자기 자신을 뚫어지게 쳐다보자 에이단이 한 치의 망설임도 없이 대꾸했다.

"어."

"상대가 다른 사람도 아닌 라나사인데?"

"라나사가 어때서?"

"잘 생각해 봐. 잘못 까불었다간 언제 팔다리가 부러질지 모르는 무시무시한 상대라고. 지금은 세드릭이 어리니까 뭘 몰라서 그렇지, 훗날엔 땅을 치고 후회할지 모른다?"

"라이……."

그 무시무시한 상대가 바로 네 코앞에 있다는 건 알고 하는 말이니?

일라이의 지나친 언사에 바율은 잘못한 것도 없으면서 괜히 자신이 눈치가 보였다.

그러나 정작 그 모든 내용을 들었을 라나사는 별로 신경 쓰지 않는 기색이었다. 그러고 보면 요즘 그녀는 전보다 꽤 유해진 느낌이었다. 여전히 날카로운 면이 있긴 하나, 서늘한 기운 대신에 간간이 온풍이 전해질 때가 있었다.

아직 겉으로는 친부와 친가를 어려워하는 것 같아 보여도 알게 모르게 그녀도 서서히 녹아들고 있음이 분명했다.

"헛소리는 그만하고, 너 아까 어디 갔었냐?"

에이단은 괜한 불똥이 저에게 튈까 싶었는지, 다른 얘기를 꺼냈다.

"어딜 갔냐니?"

"낮에 말이야. 랑트 한 바퀴 빙 돌고 너 찾으러 분화구에 갔었는데, 너는 없고 스탬프 찍고 있던 퀸만 있더라. 너, 저 녀석 방에 안 가 봤지? 바율 돌상이 무려 여섯 개나 있더라니까. 여섯 개!"

"에이단, 너……!"

기어코 그 주둥이를 여셨겠다?

어떻게든 비밀로 유지하려 했건만, 결국 들키고 말았다.

왜 하필 저 촉새 같은 녀석에게 걸려서는 이 꼴을 당해야
한단 말인가.

퀸의 고운 이마에 순간 핏대가 돋았지만, 한 나라의 왕자
답게 바로 표정 관리에 들어갔다. 물론 속으로는 무어라 변
명을 해야 할지 생각하느라 머릿속이 바쁘게 돌아가고 있
었다.

"그때 나야 자고 있었지."

다행스럽게도 바율이 퀸에게 정말이냐고 묻기 전, 일라
이가 먼저 아무렇지도 않게 툭 내뱉었다. 덕분에 시선이 다
시 녀석에게로 쏠렸다.

"쉬러 간다고 했었잖아."

"넌 너 못 봤다니까?"

"그야 너는 당연히 볼 수 없겠지. 오랜만에 진짜로 몸을
푹 담그고 있었으니."

"몸을 담가?"

"그래. 지금 상태가 아니라……."

일라이는 말하다 말고 멈칫했다.

생각해 보니 여기에 그의 진정한 정체를 모르는 이가 둘
이나 있었다. 그간 너무 익숙해진 나머지, 저도 모르게 드
래곤의 육체로 현신해서 쉬고 있었다는 말을 자연스럽게
뱉을 뻔했다.

내가 너 조심하라고 경고했지?

애들 앞에선 눈치껏 행동해야 할 거 아냐?

일라이가 라나사와 싱클레어 모르게 에이단을 보며 눈을 부릅뜨자, 녀석이 그제야 아차 싶은 얼굴로 본인 입을 틀어막았다.

"참, 바율. 맥 보좌관에게 전해 들었나 모르겠구나."

그때, 일부러 화제를 돌리기 위해선지 란데르트 공작이 아들에게 말을 붙였다.

맥 보좌관은 서류 정리가 밀렸다며 만찬을 끝낸 후에 바로 숙소로 돌아가서 제대로 얘기를 나눌 새가 없었다.

"혹시 황궁에서 소식이 온 겁니까?"

"그래. 방학이니 특무 대신 일을 해야 할 때가 온 게지."

"이번엔 어디로 가나요?"

바율을 대신해서 물은 건 퀸이었다. 그는 바율이 전처럼 가국 같은 먼 곳으로 가야 하는 건 아닌지 걱정하는 투였다.

"다행히 타국은 아니다. 제국 전역에서 수많은 상소가 올라왔는데, 폐하께선 개중 아리아나 지역에 손을 들어 주셨다."

"아리아나라면…… 델러바인 백작가가 다스리는 영지가 아닙니까? 얼마 전까지만 해도 헥터가의 측근이었던 것으로 알고 있는데요."

"맞다. 그 집 막내딸이 얼마 전에 만월 기사단에 정식으로 입단도 했지."

"예에?"

놀란 건 바율뿐만이 아니었다. 녀석의 친구들도 입만 열지 않았지, 각자 괴상한 표정을 짓고 있었다.

"자격이 충분해서 거절한 명분이 없더구나."

공작은 그건 별로 큰일이 아니라는 듯 대수롭지 않게 말하면서 덧붙였다.

"그보다, 폐하께서 더 급한 지역을 마다하고 널 거기로 보내기로 결정하신 이유는 한 가지 때문이다. 오리히르콘. 델러바인 백작이 그걸 내놓겠다고 조건을 걸었더구나."

"…오리하르콘이요?"

"헐! 그게 델러바인 백작에게 있다는 거예요?"

"그건 신의 광물이라고 불리는 거잖아! 어떻게 얻어도 제련하기가 어려워서 있으나 마나 한 광물이라고 하던데."

"암석이 극도로 높은 열과 강한 압력을 받으면 아주 낮은 확률로 만들어진다는 광물이지요. 제련하기가 까다롭지만 극상의 강도를 자랑하기에, 무기로 제작할 수만 있다면 그보다 훌륭한 재료는 없습니다."

사다드의 차분한 설명에 이언이 해설을 보탰다.

"아리아나엔 화산과 지하 광산이 많습니다. 대대로 그곳을 다스렸던 가문이니, 아무리 귀한 오리하르콘이라도 몇 개 정도는 있겠죠."

"그럼 그냥 하나만 달라고 하면 안 되는 겁니까? 폐하시잖아요. 백작은 치사하게 뭘 그런 걸로 거래를 하고 그런대요."

에이단이 볼멘소리를 하자 사다드가 웃으며 말했다.

"제국법상 마나석이 아닌 광물에 대해 국가에서 관여할 권리는 없습니다. 오리하르콘이라는 게 워낙에 드물기도 하지만, 강도만 좋을 뿐이지 마나석처럼 그리 큰 쓰임새가 있지는 않거든요."

"그래도 폐하께선 그게 갖고 싶다는 거잖아요. 단지 그 이유로 바율이 헥터가에 붙었던 자를 도와야 한다니, 저는 왠지 억울합니다!"

"폐하의 사사로운 욕심 때문에 바율이 하기 싫은 일을 억지로 해야 하는 것 같아서 저도 불쾌합니다."

"허 참, 오리하르콘 따위가 뭐가 좋다는 건지 난 이해가 안 가는군."

에이단과 로건이 나란히 불만을 드러낼 때였다. 우아하게 앉아 차를 들이켜고 있던 마황이 혀를 차며 중얼거렸다. 목소리가 그리 크지는 않았지만 그는 원체 이목을 끄는 타입이었고, 대화의 주제 자체도 상당히 도발적이었다.

"그보다는 미스릴, 드래곤 본, 엘라륨, 뭐 이런 게 더 낫지 않나? 제련하기도 오리하르콘보다 쉽고, 보유한 속성들도 꽤 괜찮은 편인데 말이야."

"저기요, 크리스 씨. 방금 말씀하신 그것들도 구하기 무지 어려운 광물이거든요? 그리고, 엘라륨은 또 뭡니까? 난 들어 본 적도 없는데."

"어라? 엘라륨을 몰라?"

일라이의 비아냥거림에 크루델리스가 '오호' 하며 입을 벙긋거리더니 돌연 바율을 손가락질했다.

"정령계에서만 나는 광물이지. 뭐, 거기서도 쉽게 채취할 수 없긴 해. 근데 이게 좋은 점이 뭐냐면, 주위에 사악한 마음을 품고 있는 자가 있으면 스스로 빛을 낸다는 거야. 완전 신기하지?"

"우아, 정말요? 그런 광물이 있었어요?"

"내가 거짓말하는 걸로 보여? 난 사실만 말한다니까."

마황의 단언에 에이단은 이거다 싶었다.

"바율, 정령계가 복원되면 엘라륨인지 뭔지 하는 것부터 찾아야겠다! 그걸 갖고 있으면 옆에 이상한 꿍꿍이를 품고 있는 놈들을 바로 알아차릴 수 있는 거잖아. 그런 거 맞죠, 크리스 씨?"

"음, 그렇게 볼 수도 있지. 근데 엘라륨보다 더 엄청난 광물이 하나 더 있거든?"

"그건 뭔데요?"

어느새 바율과 친구들은 마황의 말에 빠져들었다. 심드렁한 건 데스가 유일했다. 그는 외려 귀가 따갑다는 듯 손가락으로 귓구멍을 파고 있었다.

"카이늄. 이건 다른 어떤 것으로도 대체가 안 돼. 광물 중에서는 단연 최고라고 할 수 있지."

"그건 또 어디서 나는 광물인데요?"

"마계."

"…예?"

"여기선 절대 못 구해. 카이늄은 오염도가 높은 곳에서만 생겨나거든. 필요하면 내가 하나 가져다줄까?"

"……."

"아하하, 농담도 잘하시네. 마계에 있는 걸 무슨 수로요! 뻥치지 마세요!"

아주 찰나지만 정적이 감돌았던 것을 라나사는 느낄 수 있었다. 하지만 에이단이 과장되게 손을 마구 휘저으며 목소리를 높이자, 그 잠깐의 적막은 씻은 듯이 사라졌다.

그리고 그때, 마침 새로운 과자를 내온 리타가 에이단의 마지막 말을 듣고 분개했다.

"하얀 아저씨! 제가 영주님 앞에서 무례하게 굴면 어떻게 한다고 했죠?"

"어? 나 무례하게 굴고 그러지 않았는데?"

"뺑치셨다면서요. 방금 제가 제 귀로 똑똑히 들었거든요?"

"리타, 그건 오해야. 나는 그런 게 아니라……."

"됐어요! 하얀 아저씨를 믿은 제가 바보죠. 어떻게 감히 우리 영주님이 계신 곳에서……!"

리타는 정말로 화가 났는지 말을 채 잇지 못했다. 그러던 그녀가 뭔가 결심한 눈초리를 보이자 마황 옆에 있던 데스까지 덩달아 긴장했다.

"저, 한 번 뱉은 말은 지키는 여자라서요. 뒤는 굳이 말 안 드려도 아시겠죠?"

"뭐, 뭐야? 정말 나보고 빵만 먹으라고?"

"이참에 데스 씨랑 같이 다이어트 좀 하세요."

"나까지? 나는 왜? 나는 아무 말도 안 했는데!"

억울함에 데스가 벌떡 일어나며 따지자, 리타가 나지막하지만 엄숙하게 꾸짖었다.

"형님을 말리지 못한 죄예요."

난데없는 연좌제에 자신이 휘말렸다는 사실에 데스는 망연자실했다.

"어머, 차가 그새 식었네요. 얼른 가서 따뜻한 물을 다시 내오도록 할게요."

절망한 두 마족 형제를 버려 둔 채 리타는 황급히 자리를 떴다. 잠시 세상을 다 잃은 듯한 얼굴로 멍하니 있던 그들은 이래선 안 된다는 생각에 리타의 이름을 간절히 부르짖으며 뛰어나갔다.

이보다 더 재미있는 희극이 어디 또 있을까?

누군가 웃음을 터뜨리자 연쇄 반응처럼 실내가 웃음소리로 가득 찼다. 웃지 않는 건 라나사와 싱클레어뿐이었다.

라나사는 마황이 했던 말 때문에 머리가 복잡했고, 싱클레어는 다른 의미로 어이가 없어진 상태였다.

'이거 생각보다 쉽겠는데?'

뒤늦게 미소를 짓는 그의 입가가 전과는 전혀 다른 빛을 뿜어냈다.

Chapter 3.
만월 기사단 vs 칠흑의 기사단

1.

랑트의 변두리 외곽 지역. 주변에 인가라고는 전혀 없는, 사람은 물론이고 짐승이 오간 흔적조차 눈에 띄지 않는 황량한 벌판이었다.

겨울로 접어들면서부터 얼음 설원이 되어 버린 그곳에 한순간 빛이 번쩍하더니 누군가 나타났다.

작은 체구에 하얀 피부, 머리카락은 마치 금실처럼 가늘었고, 두 개의 눈동자는 시린 하늘을 연상시켰다. 눈매가 처진 탓에 언뜻 보기엔 유약해 보이는 인상이나, 한쪽으로 치켜 올라간 입술과 푸른 눈에 담긴 살기가 소년의 성정이 결코 생김과는 다를 거라 짐작하게 했다.

"엘레오스 전하를 뵙습니다."

"아버지는?"

"아직 전하께서 자리를 비우신 것은 모르고 계십니다."

소년보다 아주 조금 늦게 모습을 드러낸 청년은 한쪽 무릎을 바닥에 댄 채 고개를 조아리며 대답했다. 세찬 눈보라가 그들의 살갗을 얼려 버릴 듯한 기세로 휘몰아치고 있었지만, 소년이나 청년이나 일말의 흔들림도 없이 강건하게 자리를 지켰다.

"훗, 아무리 근신 중이라도 그렇지. 내게 관심이 너무 없으시군. 뭐, 그래서 여기 이렇게 와 있을 수도 있는 거긴 하지만."

"근신이 풀리실 날이 얼마 남지 않았습니다. 폐하께서 전하의 공석을 눈치채시기 전에 얼른 돌아가셔야 합니다. 재차 명을 어기신 걸 알면 틀림없이 대로하실 겁니다."

"그래 봤자 또 근신이나 받겠지. 이번엔 얼마나 내리시려나?"

소년은 피식 웃으며 대수롭지 않게 대꾸했다. 그 여유로운 태도에 청년은 조심스레 물었다.

"전하께선 안전하신 겁니까?"

"나?"

"예. 그들에게 전하의 신분을 들키지 않은 것이 확실하십니까?"

소년을 올려다보는 청년의 얼굴은 불안으로 가득했다.

그가 열렬히 사모해 마지않는 주군의 옥체에 다시 한번 생채기가 생긴다면, 금번만큼은 제 목숨을 걸고서라도 복수할 작정이었다.

"이거 꽤 쓸 만한 것 같던데?"

소년이 자신의 오른팔을 내려다보며 만족스러운 표정을 지었다. 그의 시선이 닿은 가는 손목에는 백금으로 만들어진 체인 팔찌가 걸려 있었다.

"전혀 짐작조차 못 하더군. 내가 코앞을 지나가도 몰라보니까 오히려 기분이 이상해지더라고."

사실 긴장을 조금 했더랬다. 집요하게 따라붙어 기어코 그의 발목까지 잘라 버린 놈이기에, 만일의 사태를 대비하고 있었다.

"역시 태고의 신물이야. 이렇게 정체를 감쪽같이 숨길 수 있으리라고는 기대하지 않았는데 말이지."

"그래도 조심하셔야 합니다. 상대는 마계의 최고 강자들입니다. 언제 사악한 기운이 뻗칠지 모르니 방심하지 마십시오."

"앙휄, 내가 그렇게 걱정돼?"

"……."

소년에게서 앙휠이라 불린 청년은 송구하다는 듯 다시금 머리를 조아렸다. 그런 그를 바라보는 소년의 안광이 날카롭게 번뜩였다.

"염려 마. 같은 실수는 두 번 다시 안 해. 이번에야말로 전부 씨를 말려 버릴 거야."

"방법은 찾으신 겁니까?"

"응, 약점을 발견했지."

"약점이요?"

"들으면 아마 어이없을걸?"

어제 일을 떠올리자 소년의 입가에 희미한 비소가 걸렸다.

"덕분에 일이 쉽게 풀릴 것 같아. 내 수고로움이 많이 줄었지."

소년의 말투는 이제껏 어느 때보다 자신만만했다. 그에 앙휠은 외려 더 불안감을 느꼈지만, 차마 곧이곧대로 표현할 수는 없었다.

"제가 해야 할 일이 있다면 가르침을 주십시오."

"없어, 그딴 거."

"예?"

"너도, 나도. 우린 그냥 지켜보기만 하면 돼."

"그게 무슨……?"

"적을 이용해서 또 다른 적을 제거한다. 이보다 더 실속 있는 방법이 있을까?"

"또 다른 적이라고 하시면…… 설마……."

근심 한 점이 앙휠의 머릿속을 스치고 지나갔다. 성공만 한다면 꽤 훌륭한 전략이라 할 수 있지만, 위험도가 큰 것도 사실이었다.

"그래. 놈들을 끌어들일 거야. 마침 여기 새끼 한 마리가 있더라고."

"그들이 쉽게 움직일까요? 웬만해서는 인간계에 관여를 하지 않을 텐데요."

"그러니까 내가 구실을 만들어 줘야지."

소년의 눈빛이 영민하게 반짝이는 것을 보니 앙휠은 벌써 그가 그럴싸한 명분을 찾아냈음을 알아차렸다.

"난 작은 불씨 하나만 피울 거야. 그러면 알아서 양쪽에서 들고일어나겠지. 그 틈에 남은 싹을 잘라 버리면 게임 끝! 내가 관여했다는 흔적은 어디에도 없을 테니, 모든 행위는 놈들이 뒤집어쓸 거야. 행여 미래에 아버지가 아시게 되더라도 이미 지나간 일인데 뭘 어쩌시겠어? 안 그래?"

이제껏 자신이 숱한 잘못을 했어도 모두 용서해 주신 아버지셨다. 비록 아직 근신 중이라고는 하나, 이번에도 너그러이 묵인해 주실 거라고 소년은 믿어 의심치 않았다.

"감히 주제도 모르고 앙큼한 짓을 저질렀어. 내가 살아 있는 한, 정령이 다시 설치는 세상은 오지 못해."

증오와 혐오가 뒤섞인 어조로 소년이 마치 다짐처럼 뇌까렸다. 그런 소년에게서 배어나는 살심이 어찌나 잔인하고 지독한지, 앙휄의 단단한 몸체가 저도 모르게 부들부들 떨렸다.

"…한데 자리를 이렇게 오래도록 비워도 괜찮으신 겁니까?"

아무리 태고의 신물을 차고 있다지만 상대는 만만한 자들이 아니었다. 정체를 알아차리진 못해도, 최소한 수상한 기미 정도는 느낄 수 있을 것이다. 의심을 살 만한 행동은 하지 않는 게 좋았다.

"지금 아마 나는 안중에도 없을걸? 다들 정신이 다른 데 팔려 있거든."

"어디에 말입니까?"

"있어, 그런 게. 인간들은 멍청하게 왜 그런 걸 하는지 모르겠다니까."

그래서 역시 무지한 생물인 게지.

아버지께선 그런 쓸데없는 걸 왜 만드신 건지.

소년은 이해할 수 없다는 듯 낯빛을 굳힌 채 한동안 혀를 차며 중얼거렸다.

2.

"승부는 총 세 번으로 하지."

"세 번이라면 맨손과 무기전, 마지막은 마상 결투가 되겠군요."

란데르트 공작이 그렇다는 듯 끄덕이자, 세이모어 백작이 씩 웃으며 덧붙였다.

"단체전은 흥이 떨어지니, 일대일로 가시죠."

"수는?"

"어차피 기사단 전원이 붙을 수는 없지 않습니까? 깔끔하게 다섯 정도면 괜찮을 듯합니다."

"재미를 더하려면 연승전이 좋겠군."

연승전이라 함은 대국에서 이기는 자가 계속 대전을 하는 방식이었다. 다섯 명씩 대련에 나선다고 해도, 처음 승부에 임하는 자가 연속으로 다섯 번을 이기면 승리하는 형식이었다.

"순서를 잘 짜야겠군요."

"자네가 나선다고 해도 말리지 않겠네."

"형님은 안 됩니다. 제 수하들이 황실 기사단처럼 되는 꼴은 절대 볼 수 없습니다."

얼마 전 황실 기사단의 실력 증진을 위한다는 명목으로

란데르트 공작이 직접 나선 일이 있었다. 공작 입장에선 가볍게 몸을 푸는 정도였을 테지만, 당시 대련에 임했던 황실 기사단원들은 며칠을 끙끙 앓을 정도로 온몸이 멍투성이가 되었다는 소식이 공공연히 들려왔다.

란데르트 공작과 검을 섞는다면 가문 대대로 자랑거리로 삼을 만큼 대단한 영광이겠으나, 온천 놀이를 하러 와서 병자가 되어 돌아갈 수는 없었다.

"그 말은, 자네는 참여하겠다는 뜻으로 들리는데?"

"말리지 않으시겠다면서요?"

"이참에 동생과 겨뤄 보는 것도 나쁘지 않겠군."

란데르트 공작이 어딘가를 힐긋거리자 그 시선을 좇던 세이모어 백작의 얼굴이 일그러졌다.

"아이작 저 자식을 그냥……!"

한번 속을 썩이는 놈은 평생 그럴 거라더니, 아이작이 딱 그 짝이었다. 녀석이 오늘 아침까지 내내 숙소에만 처박혀 있던 탓에 자신이 아내에게 시달린 것만 생각하면 백작은 아직도 이가 빡빡 갈렸다.

"아주 좋아 죽지."

라나사가 있는 곳을 바라보며 연신 히죽거리는 모양새가 왠지 더 약이 올랐다.

"그래도 라나사 때문에 나온 줄이나 알게."

대련에 참석하라는 란데르트 공작의 명도 귓등으로 듣던 그가 이 자리에 있는 이유는 오로지 라나사 때문이었다.

"기사로서의 아버지의 모습이 어떨지 보고 싶습니다."

이십여 년 만에 상봉한 딸의 말에 아이작은 결국 굳게 걸어 잠갔던 숙소의 문을 열고 나왔다. 오늘 그가 어떤 모습을 신보일지는 라나사뿐 아니라 공작도 내심 기대가 되었다.

"저도 참관만 하렵니다."

갑자기 뜻을 바꾸는 세이모어 백작을 공작이 돌아보자, 그가 동생을 노려보며 말했다.

"안 그러면 제 손으로 혈육의 피를 보게 될지도 몰라서 말입니다."

"…형제의 난이 일어나서는 안 되지. 시작하거라."

란데르트 공작은 새어 나오는 웃음을 억지로 삼키며 수하에게 명령했다. 세이모어 백작 역시 곁에 시립하고 있던 사내에게 눈짓으로 명했다.

총 세 종류의 경기가 치러질 예정이었다. 필요한 인원은 종목 당 다섯 명, 합이 열다섯이었다.

공작과 백작 모두 선별하는 과정은 밑의 수하들에게 자유롭게 맡겼다. 누가 뽑히든, 자원을 하든 흥미로운 결투가될 터였다.

3.

　"바율 덕분에 우리 완전 호강한다. 그치?"

　관광지는 다른 도시에 비해 외지인이 많이 몰려들 수밖에 없었다. 그건 관광 도시의 숙명과도 같았다. 해서 바율은 일찌감치 랑트의 한편에 널찍한 연무장을 마련했다. 도시를 지키는 경비병을 키워 내기 위해서였다.

　"야외인데 하나도 춥질 않아. 밖에는 저렇게 눈이 내리는데 말이야."

　만월 기사단과 칠흑의 기사단이 대련한다는 소문이 그새호텔에 쫙 퍼졌다. 구경꾼들이 몰려드는 걸 막기 위해 어떤변명을 해야 하나 고심하기도 잠시, 미친 듯이 날리는 눈발때문에 연무장 근처에 감히 얼씬거릴 생각을 하는 사람은없었다.

　바율이 아니었다면 오늘의 대련은 아예 취소되었을지도몰랐다. 그는 기사단이 편히 싸울 수 있도록 연무장 내에

내리는 눈을 아예 차단했고, 곳곳에 불을 피워 체온이 떨어지지 않도록 온기도 더했다.

관람하는 아버지와 친구들을 위해선 특별히 평평한 바위를 이용해 좌석을 마련했고, 그곳 역시 따뜻하게 데워 주었다. 세상에 이보다 더 완벽한 대련 장소는 없으리라.

"라나사, 넌 어느 쪽이 이길 것 같아?"

"뭐가 궁금한데?"

에이단의 물음에 라나사의 눈썹이 삐뚜름하게 휘었다. 녀석의 말투에 담긴 놀림조를 기민하게 알아챈 것이다.

"만월 기사단에 들어가는 게 목표라면서. 아직도 그래?"

"어."

"백부님이 세이모어 백작님이신데?"

"그분의 동생은 만월 기사단이야. 난 그 딸이고."

"오호! 아버지를 따라 입단하시겠다?"

"따라서 입단하는 게 아니야. 원래 내 꿈이지."

그렇게 말하는 라나사의 눈빛은 조금의 흔들림도 없었다.

"하지만 만월 기사단이 꼭 이기길 바라는 건 아니야."

"…그래? 역시 라나사 너도 집안을 거스르기는 좀 그렇지?"

그녀의 말은 바율에게도 의외였다. 사촌들 역시 내심 놀랐는지 눈들이 둥그레진 상태다.

그러나 말이라는 건 본디 끝까지 들어야 하는 법이었다.

"굳이 내가 그런 걸 바랄 필요가 없거든. 어차피 질 리 없잖아. 저들은 만월인데."

검을 처음 손에 쥔 순간부터 만월 기사단이 되기를 소망했다. 그건 그녀가 세이모어가의 사람이 되었다고 해도 바꿀 수 없는 절대적인 바람이었다.

"시작한다."

조용히 하라는 듯 검지로 입술을 가리며 라나사가 숨죽였다.

"양측 기사단의 원활한 대련 진행을 위해서 편의상 사회는 제가 맡도록 하겠습니다."

연무장 중앙으로 사다드가 들어서자 왁자지껄하던 장내가 순식간에 고요해졌다.

"이의 있습니까?"

돌아오는 답은 없었으나 사다드는 그것을 승낙으로 간주했다.

"다들 들었다시피 이번 승부는 맨손 격투, 무기전, 마상 결투 이렇게 총 셋으로 분류되어 각 다섯 명씩, 연승전의 방식으로 치러질 것입니다. 사소한 규칙에 대해선 따로 거론하지 않아도 양측 모두 잘 아시리라 생각합니다. 부디 명예로운 대결이 되기를 바랍니다."

평소의 장난기 넘치는 모습은 온데간데없었다. 엄숙히 선서하듯 개회를 알리는 사다드는 온 제국민의 동경을 받는 당당한 만월 기사단, 그 자체였다.

"그럼 첫 번째 승부, 맨손 격투를 시작하겠습니다. 각 기사단은 첫 주자를 내보내 주십시오."

"우와아아아!"

드디어 대련의 막이 올랐다. 사다드가 퇴장하자 기다렸다는 듯 우렁찬 함성이 연무장을 채웠다.

꿀꺽.

바율은 자신이 대결하는 것도 아닌데 이상하게 긴장이 되었다. 기사단 간의 경합을 보는 것이 처음이라서 그런 것도 있지만, 그중 한쪽이 아버지가 이끄는 기사단이라는 사실에 괜한 심장이 두근거렸다.

상대가 아무리 칠흑의 기사단이라 할지라도, 만월 기사단이 지는 것은 어쩐지 상상이 가지 않았다.

"로건, 바율. 너희가 아는 분들이야?"

그런 바율의 속을 전혀 알 리 없는 에이단은 경갑옷을 걸친 채 시합장으로 걸어 들어오는 두 기사를 보곤 양쪽에 앉은 친구들에게 번갈아 물었다.

"에이단, 넌 뭐 하러 그런 걸 묻냐? 그냥 조용히 보기나 해."

일라이가 눈치 좀 챙기라는 듯 에이단의 팔을 툭 치며 앞을 가리켰다.

로건은 녀석의 질문을 들었는지 어쨌는지 도통 그 표정을 읽을 수가 없었다. 하지만 만약 그의 속마음을 들여다볼 수 있는 능력이 에이단에게 있었다면, 로건 역시 바율과 비슷한 심정임을 알 수 있었을 것이다.

다만 한 가지 다른 점은, 애초에 그는 칠흑의 기사단이 만월 기사단을 이기리란 기대를 하지 않았다.

만월 기사단은 십년전쟁을 종결시킨 제국 최고의 기사단이었다.

제아무리 아버지가 단장으로 계신다 해도, 언젠가는 그가 이어받아야 할 기사단이라 하여도, 칠흑의 기사단에 대한 로건의 평가는 냉정했다.

그저 명예롭고 멋진 결투가 치러지기를 바랄 뿐이었다.

'음?'

칠흑의 기사단에서 첫 주자로 나선 이는 거구의 몸집을 자랑하는 사내, 카론이었다. 이제 갓 삼십을 넘은 그는 기사단 내에서도 손에 꼽는 실력자로, 맨손 격투에선 거의 져 본 적이 없었다.

그런 그가 적수를 보고 살짝 미간을 찡그렸다.

'우리를 우습게 보는 것인가?'

그도 그럴 것이, 상대는 누가 봐도 신참 같았기 때문이다. 눈빛 하나만큼은 호기롭게 빛나고 있었지만, 카론이 생각하기에 그는 자신의 맞수가 될 수 없었다.

중앙에서 마주한 두 기사는 양측 기사단장을 향해 예를 올린 뒤 서로의 주먹을 가볍게 부딪쳤다. 정정당당한 승부를 겨루자는 일종의 의식 같은 것이었다.

심판이 없었기에 시작을 알리는 신호 또한 없었다. 하지만 둘은 약속이라도 한 듯 동시에 두어 걸음 정도 뒤로 물러나며 잠시 시간을 가졌다.

그러다 어느 순간, 스으 발을 끌며 서서히 거리를 좁혔다. 아슬아슬하게 서로의 영역이 겹쳐지자 먼저 움직인 선 만월 기사난 측이었다.

후욱!

그가 카론의 턱을 목표로 빠르게 주먹을 내질렀다. 단순하면서도 간결한 동작이었지만, 그 안에 실린 힘은 제법 매서웠다.

그러나 카론의 눈에는 차지 않았다.

'허점투성이로군.'

분명 일반 평기사였더라면 칭찬할 만한 수준이었다. 하나 암만 신입이어도 그렇지, 만월이란 이름에는 어울리지 않는 움직임이었다.

'그렇다면 내가 한 수 가르쳐 주는 수밖에.'

카론의 신형이 일순간에 자리에서 사라졌다. 상대의 주먹이 허공에 의미 없는 행위를 일삼는 찰나, 그의 단단한 주먹이 신참의 안면에 완벽하게 꽂혔다.

퍼억!

"컥!"

만월 기사단의 첫 주자가 그대로 정신을 잃으며 바닥으로 허물어졌다.

단 일 수 만의 승리.

그러나 막상 카론은 그리 기쁜 기색이 아니었다. 그리고 그건 칠흑의 기사단 진영도 마찬가지였다.

그들이 실력자를 내보낸 것과 달리, 멋모르는 애송이가 나온 탓이었다.

안 그래도 어제 1차전이라 할 수 있는 술 대결에서 아깝게 지고 말았기에 더욱 승부욕에 불타던 참이다. 몇몇은 자신들을 무시하는 처사가 아니냐며 분노를 드러내기까지 했다.

하지만 만월 기사단에서 두 번째 주자로 선발된 자 역시 처음과 다를 바 없었다. 앳된 얼굴에 의욕만 가득한 낯짝을 보고 있자니 카론은 속에서 열불이 올라왔다.

그것을 아는지 모르는지 상대는 자신만만한 태도로 카론

을 향해 뛰어들었다.

퍽! 퍼벅! 퍼버벅!

짧은 단타 공격이 빠른 속도로 이어졌다. 카론은 양팔을 들어 올려 방어 태세를 갖춘 채, 쏟아지는 주먹을 묵묵히 받아 내며 천천히 앞으로 나아갔다.

성난 멧돼지.

동료들이 장난삼아 짓궂게 그를 부르는 별명이었다. 그러나 그 말속에는 그에 대한 경외심도 담겨 있었다.

단단한 맷집.

저돌적인 공격력.

바윗돌 같은 묵직한 주먹.

어떤 적을 마주하더라도 앞뒤 가리지 않고 성난 멧돼지처럼 달려든다고 해서 붙여진 애칭이었다. 카론은 그런 자신의 별명을 좋아했다.

"이제 내 차례인가?"

어느덧 만월 기사단 측이 구석에 몰렸다.

"우리를 기만할 생각이라면, 나 또한 그에 부응해 주겠네."

카론의 입가에 서늘한 미소가 떠오르자 두 번째 주자로 나선 어반은 순간 오싹한 기운을 느끼며 저도 모르게 흠칫 몸을 떨었다.

노련한 카론은 그 틈을 놓치지 않았다.

부우웅—

조금 전과는 비교조차 할 수 없는 파공음이 울리며 카론의 거대한 주먹이 어반에게로 날아갔다.

"큭!"

어반이 두 팔을 교차한 상태로 가까스로 카론의 공격을 막아 냈지만, 우악스러운 힘에 눌려 뒤로 주르르 밀려났다.

퍼벅! 퍼퍼벅!

표시해 둔 시합장을 이탈했건만, 카론은 인정사정 봐주지 않았다. 마치 네가 한 짓을 고대로 돌려주기라도 하겠다는 양, 카론의 연타가 이어졌다. 정신없이 몰아붙이는 상대의 주먹질에 어반은 속수무책이었다. 쓰러지지 않고 서 있는 게 용할 정도였다.

"흐압!"

거친 기합 소리를 내며 카론이 어반의 허리를 움켜잡았다. 그런 다음 번쩍 들어 지면에 거꾸로 내려찍었다.

만월 기사단의 두 번째 주자 역시 그대로 혼절해서 깨어나지 못했다.

"내 수하들이 자네 수하를 화나게 했군."

만월 기사단이 둘이나 형편없게 당했지만, 란데르트 공작의 표정에는 노기나 실망이 느껴지지 않았다. 세이모어 백작 또한 만족한 기색은 아니었다.

"이번에 뽑은 녀석들입니까?"

"그러네."

"다섯 명만 선발하는 경기에 신참을 내보내는 건, 저런 자들로도 충분히 이길 수 있다는 만월 기사단의 자신감입니까?"

"상대가 칠흑인데 그럴 리가 있겠나."

란데르트 공작은 명단을 선별하는 데 아무 관여도 하지 않았지만, 부하들의 뜻을 모를 만큼 둔하지 않았다.

"이 기회에 어쭙잖은 자만심을 털어 내게 하려는 것이네."

"자만심이요?"

조용히 앉아 공작과 백작 간에 오가는 대화를 듣고만 있던 에이단이 참지 못하고 물었다. 녀석뿐 아니라 라나사와 세이모어가의 삼 형제 역시 궁금함이 역력한 얼굴을 하고 있었다.

그에 란데르트 공작이 웃으며 되물었다.

"만월 기사단에 입단하면 꼭 배워야 하는 게 무엇인지 혹시 아느냐?"

공작의 갑작스러운 질문에 다들 답을 못한 채 그저 눈만 끔벅거렸다. 생각나는 건 몇 개 있는데, 왠지 정답이 아닐 것 같아 말이 안 나왔다.

"바로 지는 것이다."

"…예? 지는 것이요?"

"그래. 녀석들 대부분이 만월 기사단도 질 수 있다는 걸 모르거든."

만월 기사단에 입단하기만 하면 어디에서도 꿀리지 않을 거란 자신감은 물론, 누구에게도 지지 않을 거란 자만심에 빠지기 십상이었다.

란데르트 공작과 만월 기사단의 위상이 워낙에 높다 보니 자연스레 따라오는 부작용과도 같았다.

"누구나 처음부터 강한 것은 아니다. 나 또한 그러했지. 재능에 노력이 더해지지 않는다면, 진정한 만월 기사단이라 할 수 없다."

제국민들에게 알려진 만월 기사단은 사실 공작에게 최소 10년 이상 가르침을 받은 자들이었다. 살가죽이 벗겨지고 굳은살이 박이며 신물이 올라오는 공작의 강도 높은 훈련을 통과한 이들에게만 그와 어깨를 나란히 할 수 있는 자격이 주어졌다.

"그러니까, 한마디로 지금 제 수하들을 저 햇병아리들의 정신 개조를 위한 교육 용도로 사용 중이라는 말씀입니까?"

"…자네도 알다시피 난 아무 관여도 하지 않았네."

세이모어 백작의 서슬 퍼런 말투에 공작은 은근슬쩍 시선을 피하며 자신의 떳떳함을 주장했다.

"그럼 사다드나 헤이즈의 생각이겠군요."

"……."

왠지 그럴 것 같았으나 공작은 차마 긍정하지는 못했다.

"하면 오늘 대련은 하나마나겠습니다. 한쪽이 승부를 포기했으니 맥 빠지는 경기가 되겠네요."

세이모어 백작은 내심 기대를 하고 있었던 터라 기분이 썩 좋지 않았다.

"승부를 포기했다고 누가 그러던가?"

"…아닙니까?"

"만월 기사단에 패배란 있을 수 없는 일이네."

"조금 전에 입단하면 지는 법부터 배운다고 말씀하셨던 걸로 아는데요."

"오늘 대련 방식이 무언가? 연승전이네. 마지막 주자까지 가야 승패가 나겠지. 아니 그런가?"

"호오! 막판에 최고 고수를 숨겨 두셨다, 그겁니까?"

"이게 바로 꿩 먹고 알 먹고 전법이라네."

만월 기사단에게도 칠흑의 기사단과 같은 수준의 실력자와 맞붙을 기회는 흔치 않았다. 초반엔 후배들이 나섰다면 후반엔 선배들이 나설 것이다. 기사단의 패배는 그가 용납할 수 없었다.

"이언 경이다!"

과연 공작의 예상대로 다섯 번째 주자로 등장한 이는 이언이었다. 카론의 주먹이 네 번째 주자를 때려눕히고서야 그가 움직였다.

"형님. 그래도 이건 아니죠."

시합장으로 들어서는 이언을 발견하자마자 세이모어 백작은 인상을 구겼다.

"인간적으로 이언은 빠져야 하는 거 아닙니까? 저놈은 형님처럼 열외라고요, 열외!"

"자네 수하는 그리 생각하는 것 같지 않은데?"

"예?"

반문하는 백작에게 공작은 직접 보라는 듯 턱짓했다.

아니나 다를까.

"정녕 칠흑을 우습게 보는 것인가? 아니면 만월의 빛이 그사이 흐려진 것인가?"

카론은 마지막 주자로 나선 이언을 대면하자 참고 있던 화가 폭발했다. 이언의 얼굴이 상대적으로 동안인 데다 외부에 알려지지 않았기 때문인지, 앞선 이들처럼 신입이라고 오해한 듯했다.

이언을 알아본 칠흑의 기사단 측 몇 명의 안색이 창백하게 굳었지만, 불행히도 카론은 그들에게 등을 돌린 상태였다.

"만월의 달빛은 여전히 밝습니다."

이언이 준비 자세조차 취하지 않고 거드름을 피우듯 받아치자, 카론은 더 이상 상대할 가치가 없다고 여긴 모양이었다.

"날 원망하지 마라. 자업자득이니까."

그가 강하게 발을 구르며 이언을 향해 비호같이 달려들었다. 이언이 미처 방비할 틈도 없어 보일 만큼 엄청난 빠르기였다.

하지만 어째서일까.

"꺼억."

신음을 터뜨린 건 카론이었다. 그가 믿을 수 없다는 듯 치켜뜬 눈으로 자신의 복부를 내려다보았다. 상체를 보호하기 위해 입고 있던 경갑옷이 선명한 주먹 형태로 움푹 찌그러져 있었다.

맨손으로 이게 가능하단 말인가?

"끄아아!"

그런 의문도 잠시, 곧이어 어마어마한 통증이 카론을 집어삼켰다. 내장이 뒤틀리는 듯한 고통과 함께 다리에 힘이 풀린 그가 앞으로 고꾸라졌다.

"이제 네 명 남았군."

랑트에 와서 이언에게 새롭게 생긴 취미 하나가 눈을 맞으며 온천을 즐기는 것이었다. 카론의 실력을 익히 잘 아는 칠흑의 기사단원들이 자신을 어떤 눈으로 바라보고 있는지 전혀 알지 못한 채, 이언은 반드시 눈보라가 줄어들기 전에 속전속결로 끝내고 돌아가리라 다짐했다.

4.

"저, 저……!"

카론에 이어 네 명의 사내가 제대로 힘 한번 써 보지 못한 채 차례대로 바닥을 뒹굴었다. 놀랍게도 그들 전부 이언의 주먹 한 방에 나가떨어졌다.

이언이 대련에 끼어드는 건 사기나 다름없다며 툴툴거리던 세이모어 백작은 결국 막판에 참지 못하고 분노의 삿대질을 해 댔다.

"이언 저 자식, 정말 너무하는 거 아닙니까? 손속에 좀 사정을 두면 누가 잡아가기라도 한대요? 어쩜 저렇게 심보가 고약하냔 말입니다!"

"그랜트, 진정하게."

"진정하기는요? 형님도 보셨지 않습니까. 제 수하들, 당분간 피똥 싸게 생겼다고요!"

차라리 기절한 상태가 나았다. 의식을 회복한 순간, 저들은 아마도 지독한 복통을 호소하며 화장실을 기어 다니게 될 것이다. 뭘 먹어도 속이 니글거리고 구토가 올라올 터. 오랜만에 쉬러 왔다가 된통 고생만 하고 가게 생겼다.

"혹시 이언에게 뭐 시키셨습니까? 바쁜 일이라도 있대요?"

"그런 것 없네."

"그럼 뭐가 그리 급해서 죄다 한 방에 끝내 버렸답니까? 살살 좀 해 주지. 남이 보면 무슨 원수라도 만난 줄 알겠습니다!"

이언이 대련에 나올 거란 예상을 하지 못한 것 자체가 실수였다. 만월 기사단의 실력이 출중한 거야 공공연히 알려진 사실이지만, 개중에서도 이언은 특별했다.

워낙 나서기를 싫어하는 까닭에 능력에 비해 유명하지 않을 뿐, 이언은 만월 기사단 내에서 란데르트 공작 다음가는 실력자였다.

그런 그의 나이 이제 고작 서른하나였다. 앞으로 얼마나 더 발전할지 모르는 일이다.

세이모어 백작은 이언과 처음 검을 섞었을 때를 아직도 또렷이 기억하고 있었다. 당시엔 한나절을 겨뤄도 승부를 보지 못할 만큼 치열했었는데, 지금은 어떠할지 불현듯 궁금해진다.

"이럴 줄 알았으면 저도 나갈 걸 그랬습니다. 이참에 다시 붙어 봤어야 하는 건데."

"이언이 어느 부문에 나올 줄 알고?"

금번 경기는 중복 출전을 금하고 있었다. 남은 무기전과 마상 결투에선 이언을 볼 수 없다는 뜻이다.

"쳇. 조만간 녀석과 둘만의 시간을 좀 가져야겠군요. 오늘의 치욕은 그때 갚겠습니다."

복수심으로 활활 타오르는 백작의 등을 란데르트 공작이 툭툭 두드렸다.

"자네 수하들은 신전의 사제들께서 봐주실 거네. 예까지 와서 고초를 겪게 할 순 없지."

"뭡니까? 미리 준비해 두신 겁니까?"

"그럼 만월과 칠흑의 대련인데, 이 정도 대비도 없었겠나?"

"예, 예. 역시 형님의 준비성에는 못 따라가겠습니다."

일견 비꼬는 듯한 말투였지만, 세이모어 백작의 표정은 한결 누그러져 있었다.

만일 도당의 귀족들이 지금 그들의 모습을 보았다면 놀라서 한동안 입도 다물지 못할 것이다. 백작을 제외한 제국의 그 누구도, 심지어 그것이 설사 황제라 할지라도 란데르트 공작의 앞에서 이런 식으로 말할 수는 없었다.

공작과 백작과의 사이가 얼마나 돈독한지를 엿볼 수 있는 대목이었다.

"자, 그럼 이제 두 번째 경기! 무기전 대항을 시작하겠습니다!"

장내가 정리된 듯하자 사다드의 음성이 연무장을 다시 한번 쩌렁쩌렁하게 울렸다.

"후읍, 후우!"

거기서 조금 떨어진 곳. 첫 출전을 앞둔 칼라는 긴장을 풀기 위해 크게 숨을 삼켰다가 내뱉기를 반복했다.

"많이 떨리나?"

그때 다정하면서도 힘 있는 목소리가 바로 옆에서 들려왔다.

"헤이즈 님! 아, 아니, 헤이즈 선배님⋯⋯."

칼라는 버릇처럼 튀어나오는 호칭을 재빨리 정정했다.

"아직도 선배라는 말이 입에 안 붙었어?"

"⋯죄송합니다."

칼라의 얼굴이 붉게 달아올랐다.

헤이즈는 칼라가 기사의 길을 걷기 시작한 이래로 가장 가슴 뛰게 하는 사람이었다. 작년 봄, 황궁 베르가라에서 예거 단장을 무찌르던 그녀의 모습은 마치 각인처럼 칼라의 뇌리에 새겨졌다.

그래서 란데르트만은 안된다는 집안의 뜻을 꺾고 만월 기사단에 입단하기까지 했다. 본인의 신분 때문에 정식 단원이 되기까지 얼마나 마음을 졸였던가.

동경하던 이와 지금처럼 이렇게 말을 섞고 있는 것 자체가 칼라에겐 무한한 영광이자 기쁨이었다.

"오늘이 첫 실전이지?"

"네."

비록 이곳이 전장은 아니나, 만월 기사단이 된 이후 타인과 겨루는 것은 처음이었다.

"훗, 나도 옛날 생각나네. 어찌나 벌벌 떨었던지, 선배들에게 한동안 놀림도 받았다니까."

"…헤이즈 선배님도 그랬던 적이 있다고요?"

자신의 우상에게 그런 일이 있었다는 게 믿기지 않는다는 듯 칼라의 눈이 휘둥그레졌다.

"처음이라는 건 누구에게나 공평하거든."

많은 뜻이 함축된 말이었다.

"그리고, 잊지 마. 네 뒤에는 내가 있다는 거."

"네, 선배님. 명심하겠습니다."

잠시 멍하니 헤이즈를 쳐다보던 칼라는 이내 허리를 펴며 절도 있게 대답했다. 방금 전까지 그녀를 짓누르던 긴장감이 눈 녹듯이 사라지고, 대신 그 자리에 냉철한 승부 근성이 치솟았다.

"양측 기사단은 첫 주자를 내보내 주십시오!"

"나가 봐."

"반드시 이겨 보이겠습니다."

머릿속으로 그간 받았던 훈련을 떠올리며 칼라는 흡사 다짐이라도 하듯 말했다. 헤이즈는 그런 후배를 향해 그저 담담히 웃어 주었다. 물론 칼라에게 그것은 최고의 응원이었다.

"또 신참입니까?"

못 보던 얼굴이 시합장으로 들어서자 세이모어 백작이 누구냐는 듯 공작에게 물었다.

"칼라 섬 델러바인."

"…델러바인이요?"

백작이 설마 하며 인상을 찌푸리자 란데르트 공작은 맞는다는 듯 고개를 끄덕였다.

"그 델러바인 백작의 고명딸이라네. 기사단 내에선 아리아나의 꼴통이라 불리고 있지."

"델러바인 백작이 형님 밑에 들어오는 걸 허락했답니까?"

"그러니까 여기 있는 것 아닌가. 잘 봐 두게. 꽤 쓸 만한 녀석이니."

"델러바인 백작이 제정신이 아닌가 봅니다."

세이모어 백작은 끌끌 혀를 차고는 다시 연무장으로 고개를 돌렸다.

'저 기사님이 아리아나에서 오신 분이구나.'

사촌 누나인 릴리스의 결혼식이 끝나면 바율은 특무 대신으로서의 임무를 수행하기 위해 아리아나로 떠나야 했다. 그때 그곳 출신인 칼라가 동행할 것이라고 아버지께 미리 전해 들었다. 그래선지 조금 더 관심이 쏠린다. 이왕이면 승리하기를 바라는 마음도 있었다.

하지만 칠흑의 기사단 측에서 첫 주자로 나선 이를 본 순간, 란데르트 공작의 눈썹이 처음으로 꿈틀거렸다. 그리고 세이모어 백작은 피식 웃음을 터뜨렸다.

"아무래도 제 수하들이 이언 때문에 열이 좀 받은 것 같습니다."

"받은 대로 돌려준다, 뭐 그런 겐가?"

"칠흑이 한을 품으면 어찌 되는지 이참에 잘 봐 두십시오."

"아무리 그래도 그렇지. 신입을 상대로 부기사단장이 나오는 건 너무하는 것 아닌가?"

"억울하면 헤이즈라도 내보내시든가요. 둘이 붙으면 아주 재밌겠습니다."

세이모어 백작은 이제야 속이 좀 풀린다는 듯 편하게 다리를 꼬고 앉았다. 실룩이는 입가가, 어지간히도 흡족한 모양이었다.

안 그래도 그 시각, 시합장 끄트머리에서 칼라를 응원하고 있던 헤이즈는 웃음기를 지우고 사다드와 눈빛을 교환하고 있었다.

'어쩔 수 없겠는데?'

'신참 교육은 물 건너갔군요.'

건너편에서 걸어오는 칠흑의 부기사단장 파네라이 경을 발견한 순간, 예정에 없던 헤이즈의 진출이 결정되고 말았다.

파네라이의 뛰어난 검술 실력은 칼라뿐 아니라 만월 기사단 내에서도 맞설 수 있는 이가 드물었다. 게다가 그는 성격이 그리 너그러운 편이 아니었다. 분명 이언의 만행(?)을 앙갚음하려 들 게 뻔하다.

후배들을 사지로 내몰 순 없었다.

"잠시 선수 교체가 있겠습니다!"

갑작스러운 사다드의 말에 제일 놀란 건 칼라였다. 떨리는 심장도 간신히 진정을 시켰건만, 자신의 의사도 묻지 않고 이게 무슨 일인가 싶었다.

"우우우우!"

파네라이를 보고 만월 측이 겁을 먹었다며 칠흑의 기사단 진영에서 야유가 터져 나왔다.

"……!"

하지만 헤이즈가 모습을 드러내자 언제 그랬냐는 듯 소리가 뚝 그쳤다.

두둑. 두둑.

목과 어깨를 가볍게 풀며 연무장 중앙으로 향하는 헤이즈를 양측 기사단에서 숨을 죽이며 지켜보았다. 아무도 입을 열지 않았지만, 최고 고수들 간의 대결이었다. 어디 가서 돈 주고도 못 볼 광경인 것이다.

사실 파네라이나 헤이즈나 이번 대련에 나설 마음 같은 건 전혀 없었다. 그저 한쪽은 후배들을 지키기 위한 어쩔 수 없는 선택이었고, 다른 한쪽은 세이모어 백작의 말마따나 일종의 보복 행위에 나선 셈이었다.

그야말로 이언이 쏘아 올린 작은 공의 여파였다.

"유감이지만 첫 실전은 다음으로 미뤄야겠다."

헤이즈가 다가와 말을 붙이고 나서야 칼라는 정신이 번

쩍 돌아왔다. 뭐가 어떻게 된 건지는 잘 모르겠다만, 헤이즈의 대련을 눈앞에서 목도할 수 있는 기회였다. 그녀가 힘내라는 듯 눈을 크게 한 번 부릅뜬 뒤 서둘러 시합장을 벗어났다.

그 모습을 관람석에서 보고 있던 라나사 역시 양손을 맞잡으며 헤이즈의 승리를 기원했다.

"오랜만입니다, 파네라이 경."

헤이즈는 후배로서 먼저 파네라이에게 인사를 건넸다.

"그대를 불러낼 생각은 아니었는데."

"저도 제가 나올 줄은 몰랐습니다."

"이제라도 후배들에게 자리를 내어 주는 게 어떻겠니?"

"그러고 싶은 마음이 아주 없는 건 아니지만, 곰곰이 따져 보니 오가면서 몇 번 뵈기만 하였지 검을 나눠 본 적이 없더군요. 해서 한 수 배우고자 나왔습니다."

"내게 그대가 배울 것이 있다?"

파네라이는 무척이나 우스운 농담을 들었다는 듯 껄껄 웃더니, 등에 메고 있던 대검을 앞으로 가져와 바닥에 쿵 내리찍었다.

보통 사람은 들기조차 힘든 거대한 크기의 검을 마치 장난감처럼 휘두르는 사내.

뿐인가. 흉터로 뒤덮인 얼굴은 마주하는 것만으로도 삼

대의 오금을 저리게 하고도 남았다.

"이 후배에게 가르쳐 줄 게 없으십니까?"

차앙!

검을 뽑으며 도발하듯 묻는 헤이즈를 말없이 응시하던 파네라이가 한 손에 검을 쥐며 대꾸했다.

"내 검이 매섭다 노여워 말길 바라네."

"바라던 바입니다."

둘은 서로에게 짧게 예를 표한 뒤 천천히 검을 들어 기수식을 취했다.

그리고 시선이 교차한 순간.

무시무시한 속도로 서로를 향해 사납게 검을 휘둘렀다.

캉!

두 자루의 검날이 허공에서 뒤엉켰다. 둘은 상대의 검을 놓아줄 생각이 없다는 듯, 온 힘을 다해 눌러 갔다.

'큽!'

파네라이는 속으로 헛바람을 삼켰다. 밀려오는 힘의 세기가 엄청났기 때문이다.

이래서 고정관념이 무서운 거다.

마나를 다루는 순간, 남녀의 차이는 없어진다.

과연 소문대로 이 여인은 진짜였다. 만월의 암사자라는 별칭은 결코 허언이 아니었다.

'하지만 나에게 힘으로 맞서려 했다면, 그건 그대의 명백한 오판이다!'

무겁게 가라앉은 눈빛과 달리 파네라이의 입매가 미세하게 말려 올라갔다.

그는 선천적으로 괴력을 타고난 사내였다. 어린 시절 그의 별명은 새끼 오우거였다. 체구가 작은 편은 아니지만, 오우거가 워낙에 몸집이 거대한 몬스터이다 보니 자연스레 가족과 친구들에게서 그렇게 불려 왔다.

그리고 그것은 기사가 된 지금도 마찬가지였다. 파네라이는 칠흑의 기사단에서도 가장 패도적인 검의 길을 걷는 자였다.

"하앗!"

그가 바닥을 딛고 있는 하체에 더 큰 힘을 가하자 드디어 균형이 깨졌다. 헤이즈가 조금씩 뒤로 밀리기 시작한 것이다.

그녀의 표정은 여전히 처음과 같았으나, 드러난 이마엔 핏줄이 도드라져 있었다. 당황을 했다는 증거였다.

잠깐의 방심은 틈을 만드는 법.

쿵!

파네라이가 발을 구르며 대검을 비틀자, 그 반동으로 헤이즈의 검이 살짝 옆으로 튕겼다.

그 순간 파네라이의 섬뜩한 안광과 함께 그의 대검이 헤이즈의 어깨를 노리고 달려들었다. 그 모습이 마치 도끼로 장작을 패는 듯했다.

쑤아악!

대검이 아슬아슬하게 헤이즈의 몸을 가르려는 찰나, 그녀의 신형이 흐릿하게 변했다.

'그래. 이렇게 쉽게 당할 리가 없지.'

파네라이가 벤 것은 상대의 허상이었다. 애초에 기대하지 않았기에 실망도 없었다.

'어디냐!'

파네라이는 감각을 최고조로 끌어올렸다.

"……!"

곧바로 우측 아래, 사각지대에서 날카로운 예기가 느껴졌다. 피할 수 있는 간격이 아니었다. 그는 대검을 곧추세우며 검날을 방패 삼아 재빨리 몸을 보호했다.

카강!

두 개의 검이 재차 부딪치며 다시금 불꽃이 튀었다.

"흐합!"

헤이즈는 힘겨루기 같은 바보짓은 또다시 하지 않았다. 그 대신 검의 진로를 사선으로 틀어 올렸다. 범인들은 도저히 눈으로 좇을 수 없는 대단한 빠르기였다.

사각!

대검이 아무리 크다 해도 방패는 아니기에 파네라이의 신체 전체를 막아 주지는 못했다. 결국 갑옷으로 가려지지 않은 그의 한쪽 뺨에 가늘지만 선명한 붉은 혈선이 그어졌다.

남들이었으면 신음이라도 터뜨렸을 텐데, 파네라이는 거석처럼 아무 반응도 없었다. 그의 얼굴에 난 숱한 흉터가 어쩌다 생긴 건지 헤이즈는 왠지 이해가 갈 것 같았다. 비릿한 혈향이 풍기는데도 그는 눈 한 번 깜박이지 않았다.

후아아앙!

몇 번의 짧은 공방이 휘몰아치듯 이어졌다. 힘과 속도의 싸움이었다.

그러던 어느 순간, 파네라이의 눈매가 가늘어졌다. 그가 별안간 풍차를 돌리듯 대검을 휘둘렀다.

갑작스러운 그의 돌변에 헤이즈는 본능적으로 뒤로 물러났고, 그때를 기다렸다는 듯 파네라이가 순식간에 다가와 자신의 검격 안에 그녀를 가두었다. 매서운 파공성이 그 뒤를 따랐다.

서걱!

미처 피하지 못했다. 헤이즈는 실로 오랜만에 자신의 피부를 스친 오싹한 느낌에 눈살을 찌푸렸다.

속도라면 누구에게도 뒤처지질 않을 자신이 있었건만, 그새 몸이 굳기라도 한 모양이었다. 별로 크지 않은 상처였지만, 헤이즈의 자존심을 건드리기에는 충분했다.

'허, 재밌군.'

파네라이 역시 제 나름의 충격을 받은 상태였다. 치명상은 아니더라도 어느 정도의 타격은 줄 수 있을 거라 단정하고 있었던 탓이다. 일부러 갑옷을 착용하지 않은 어깨를 겨눈 건 그래서였다.

'어쩐지 베는 감촉이 얕더라니.'

헤이즈의 어깨에 난, 상처라고 부르기도 민망할 만큼의 가벼운 자국을 노려보며 파네라이는 입술을 잘근 깨물었다. 쇠 맛이 느껴졌다.

"이번엔 제가 먼저 가겠습니다."

차앙! 창! 창!

눈 깜짝할 사이에 서로의 검이 맞닿으며 수십 합이 오고 갔다.

언뜻 보기에는 엎치락뒤치락 치열하게 승부를 겨루는 듯하나, 헤이즈는 그 안에 담긴 힘의 역학 관계를 꿰뚫어 보고 있었다.

평범한 한 수 한 수에 필살의 일격이 숨어 있었다. 그걸 피하지 못하면 큰 부상을 입을 것이다.

긴장보다는 흥분으로 인해 손바닥에 땀이 맺혔다. 이런 기분을 얼마 만에 맛본 건지 모르겠다.

제대로 된 적수를 만났을 때, 위험을 각오하고 실전에 임할 때마다 헤이즈는 고양감에 휩싸이곤 했다.

그건 자만심과는 다른 것이었다. 외려 온몸의 감각이 더욱 넓게 열려 평소보다 기민한 상태가 되었다.

카강! 캉! 캉!

묵직한 쇳소리가 연이어 터지며 서로의 검이 다시 엉켰다.

가가가각!

예민하게 벼려진 검날은 서로를 물어뜯으며 연신 울음을 토해 냈다.

"나와 또 힘으로 해 보자는 것인가?"

"자신 없으십니까?"

헤이즈는 히죽 미소를 지으며 그의 검을 자연스럽게 흘렸다. 그러자 파네라이가 그 찰나를 못 참고 우악스럽게 어깨를 드밀었다.

헤이즈의 까만 눈동자가 별빛처럼 반짝인 것은 그때였다. 그녀가 자신의 가는 다리를 뻗어 파네라이의 무릎을 툭 찼다.

가벼운 발길질이었지만 상대의 균형을 절묘하게 흐트러

뜨리기엔 매우 적절한 순간이었다. 아주 잠깐 그의 무릎이 꺾이며 헤이즈에게 기회가 찾아온 것이다.

'젠장!'

파네라이는 위기감을 느꼈다. 고수들 간의 싸움은 잠시의 실수도 저승으로 가는 지름길이 될 수 있었다.

아니나 다를까.

그 사이에 헤이즈의 검이 시야를 채우며 날아오고 있었다. 파네라이는 서둘러 대검을 회수해 검 면으로 방어막을 쳤다.

콰앙!

이제까지와는 전혀 다른 소리가 둘에게서 터졌다. 그 폭음은 시작일 뿐이었다.

마나 대 마나.

각기 오러를 뿜어낸 두 기사의 기세가 심상치 않았다. 특히 헤이즈는 목표한 사냥감을 끝내 쫓아가 갈기갈기 물어뜯는 암사자처럼 파네라이를 집요하게 몰아갔다.

이 이상 방어만 하다가는 대검이 부서질 수 있었다. 헤이즈의 검 크기가 월등하게 작았지만, 그 안에 담긴 마나의 힘은 결코 작지 않았다.

파네라이는 불리함을 감수하고 일단 그녀에게서 멀어지기 위해 뒤로 멀게 도약했다.

스스로 날 수 없는 인간이나 동물은 지면과 떨어져 있을 때가 가장 불안한 법이었다. 공중에 떠 있을 때 누군가 공격해 들어오면 속수무책으로 당할 수밖에 없기 때문이다.

헤이즈는 당연히 그 틈을 놓치지 않았다.

쇄애액—

헤이즈가 전광석화처럼 파고들며 그의 손목을 쳐 내자, 대검이 주인을 잃고 연무장의 흙바닥을 나뒹굴었다.

"와아아아!"

기사가 검을 놓쳤다. 그것은 제 목숨을 상대에게 내준 것과 같았다.

만월 기사단 진영에서 승리를 기뻐하는 함성이 고막이 터질 듯 새어 나왔다.

스윽—

그리고 마침내 헤이즈의 검이 파네라이의 목 언저리에가 닿았다.

"……."

파네라이는 어금니를 앙다문 채 눈을 감았다. 보복을 하러 나왔다가 보기 좋게 졌으니 망신도 이런 망신이 없다. 이 와중에 손목이 욱신거리는 걸 보니 뼈에 금이 간 듯했다.

'가지가지 하는군.'

스스로에게 욕을 한 바가지 퍼부어 주고 싶었지만, 파네라이는 칠흑의 기사단의 부단장이었다. 패하더라도 명예롭게 퇴장하는 것이 기사의 도리이자 자존심이었다.

"…내가 졌네."

"최선을 다하지 못하셨다는 거 알고 있습니다."

"…언제 눈치챘지?"

"뒤로 물러나실 때요."

"훗. 그것까지 들켰다니 나의 완벽한 패배로군."

기사단 내에서도 단장만 빼고 아무도 모르는 자신의 부상을, 몇 합 나눠 본 것만으로 바로 알아차렸다. 도저히 인정하지 않고는 못 배길 여인이었다.

"다음번을 기대하지."

파네라이는 그제야 홀가분하게 웃고는 돌아서서 명령했다.

"무기전은 여기서 끝내도록 한다. 마상 결투를 준비하라!"

부기사단장이 졌으니 뒤로는 하나 마나였다. 헤이즈와 대련할 기회가 사라진 것에 아쉬워하는 이들도 있었지만, 맨손 격투와 무기전에서 연달아 패했으니 남은 마상 전투에선 뼈를 갈아 넣어야만 할 상황이었다.

그에 아무도 이의를 제기하지 않고 즉각 다음 경기 대비에 나섰다.

"아직 부상이 다 낫지 않은 겐가?"

구석에 앉아 손목을 살피는 파네라이를 보며 란데르트 공작이 묻자 세이모어 백작이 한숨을 내쉬며 답했다.

"이제 나이가 들었다는 거죠. 신전 치료를 꾸준히 받고 있기는 한데, 워낙 상처가 깊다 보니 잘 낫지 않네요. 옆구리 부상만 아니라면 저 녀석이 가뿐히 이겼을 겁니다."

"수하에 대한 애정이 아무리 깊어도 그렇지, 헤이즈를 너무 무시하는군."

"그럼, 형님은 부상이 없었더라도 헤이즈에게 승리가 돌아갔을 거란 말씀입니까?"

"그건 싸워 봐야 알겠지. 하지만 질 것 같지는 않네."

"흐음, 헤이즈의 실력이 그렇게나 많이 늘었군요."

란데르트 공작의 눈은 매우 정확했다. 마에스터의 경지에 이른 그에겐 분명 백작이나 다른 이들이 보지 못하는 게 보일 터였다.

"저도 달의 일족으로 태어났어야 했는데, 아쉬워 죽겠습니다."

"흰소리 말고, 마상 전투에선 누가 이길 것 같은가? 관례대로 우리도 내기를 좀 해야 하지 않겠나?"

마상 전투는 다른 대련과 달리 예부터 희한하게 내기를

걸고는 했다. 주로 화폐나 금, 또는 은과 보석 등 값진 물품들이 나왔다.

"전 평소처럼 돈으로 하겠습니다. 무조건 칠흑이 이긴다에 말이죠. 마상 전투에서까지 지면 저 오늘 발 뺄고 못 잡니다."

"그거 큰일이로군."

"…무슨 의미입니까?"

란데르트 공작은 부러 대답하지 않았다. 어차피 잠시 후면 알게 될 것이기 때문이다.

"오늘의 하이라이트! 마지막 대전, 마상 결투를 시작하겠습니다! 첫 주자는 말과 함께 나와 인사 부탁드립니다!"

마상 결투에서 가장 중요한 건 당연하게도 말이었다. 양측 기사단 모두 전용 군마가 있으니 누가 나와도 막상막하가 될 경향이 높았다.

다각. 다각.

먼저 모습을 보인 건 칠흑의 기사단 측이었다. 중갑옷을 걸친 그는 투구를 옆구리에 낀 채, 말에 올라탄 상태로 연무장 중앙으로 천천히 입장했다.

그에 반면 만월 기사단 진영에선 아이작 홀로 시합장으로 걸어 들어가고 있었다.

"뭐지?"

"저자는 왜 혼자야?"

아이작은 갑옷과 투구뿐 아니라, 말조차 없었다. 오로지 몸뚱이 하나였다.

"대체 뭐 하자는 건데?"

"마상 결투를 하겠다는 거야, 안 하겠다는 거야?"

웅성대는 것이 당연했다. 현재 아이작의 모습은 누가 봐도 결투에 임할 자세가 일절 안 되어 있었으니까.

재밌는 사실은, 정작 만월 기사단도 칠흑의 기사단과 반응이 별반 다르지 않다는 것이었다.

낮에는 자고 밤에 주로 생활하는 아이작은 만월 기사단 내에서도 그 존재를 모르는 이들이 많았다. 그가 언너베이커란 것도 소수의 인원만이 아는 사실이었다.

저벅저벅.

아이작은 수많은 이목이 자신에게 쏠렸음에도 전혀 의식하지 않았다. 오로지 관람석에서 자신을 지켜보고 있을 라나사만 떠올렸다.

클로에와의 달콤한 신혼 생활도 중단하고 그가 친히 행차한 이유는 오직 딸 때문이었다. 녀석에게 꼭 한 번 '멋진 아빠'라는 소리를 들어 보는 게 소원이었다.

"아이작 선배."

"왜."

"말 꺼내셔야죠."

"아, 맞다. 잠시 깜박했네."

사다드와 아이작의 대화를 듣고 있던 칠흑의 기사단의 첫 주자가 어이없다는 듯 둘을 내려다보았다. 말을 대체 어디에서 꺼내라는 건지도 모르겠지만, 마상 시합에서 가장 중요한 말을 깜박하고 혼자 왔다는 게 더 어처구니가 없었다.

"저 자식 설마……!"

그 광경을 고스란히 살펴보고 있던 세이모어 백작은 문득 드는 생각에 저도 모르게 뒷목을 잡았다. 그가 원망스러운 눈길로 공작을 돌아보았다.

"형님은 알고 계셨던 거죠?"

"난 관여하지 않았네."

"그런데요?"

"첫 주자로 내보내 달라던 아이작의 떼쓰는 소리가 좀 커야지. 라나사에게 잘 보여야 한다나 뭐라나. 그냥 들렸네."

"하아, 저 미친놈을 진짜…… 언제 날 잡아서 내 손으로 없애든가 해야지……!"

이로써 칠흑의 기사단의 3패는 예정된 것이었다.

세이모어 백작이 살기 짙은 눈으로 동생을 노려보는 그

때, 대외적으론 단 한 번도 공개하지 않았던 아이작의 아공간이 처음으로 모습을 드러냈다.

갑작스레 허공에 거대한 검은 구멍이 생겨나더니, 잠시 후 그 안에서 또각또각하는 소리가 들려왔다.

그 소리가 점차 커질 무렵, 마침내 구멍 속에서 뭔가가 툭 튀어나왔다.

형태는 말과 비슷했으나, 평범한 녀석은 아니었다. 일단 말굽의 크기부터가 군마의 두 배 정도였다. 덩치는 두 배에 조금 못 미쳤고, 등에는 무려 날개가 달려 있었다.

쿠히이이잉!

거대한 몸집을 완전하게 내부인 녀석은 앞발을 번쩍 늘어 올리며 거친 울음을 터뜨렸다. 말의 투레질 소리와 비슷한 듯하면서도 어딘지 맹수같이 거칠고 사나운 느낌이었다.

"…히포그리프!"

멍하니 바라보고만 있던 라나사가 조금은 넋이 나간 표정으로 중얼거렸다.

하늘을 나는 몬스터 그리핀과 암말 사이에서 태어난다는 하프 블러드 몬스터.

사납기가 이루 말할 수가 없어서 절대 길들일 수 없다고 알려진 그 흉포한 녀석을, 아이작은 마치 귀여운 새끼 고양이를 어르듯 쓰다듬더니 훌쩍 등에 올라탔다.

"이 녀석의 피도 반은 말이니까, 상관없겠지?"

연무장 전체가 그 때문에 얼어붙었다는 것을 아는지 모르는지 아이작이 사다드에게 천진하게 물었다.

"누님, 히포그리프가 뭐예요?"

같은 시각. 라나사의 옆에서 두 기사단의 대련을 진지하게 관람 중이던 세드릭이 고개를 들며 물었다. 녀석은 맨손격투와 무기전에서 칠흑의 기사단이 연달아 졌다는 것에 꽤 상심한 눈치였다.

"히포그리프가 뭐냐면 말이야."

라나사는 몬스터 도감에서 읽었던 내용에 대해서 차분하게 사촌 동생에게 설명해 주었다. 라피트도 궁금했었는지 라나사에게로 몸을 기울인 채 그녀의 목소리에 집중했다.

"자세히 봐 봐. 일반 말과 달리 입이 새의 부리처럼 생겼지? 앞발도 그리핀처럼 발톱이 굉장히 길어. 날개가 달리긴 했지만, 저공비행만 가능하대. 그래도 아마 속도가 어마어마할 거야. 게다가…….."

라나사는 잠시 호흡을 가다듬었다. 그녀를 지켜보던 바율과 친구들 모두 괜스레 긴장이 되었다.

"저건 단순한 히포그리프가 아니야."

"…단순하지 않으면요? 뭔데요, 그럼?"

"언데드."

"예?"

"혹시 세드릭, 언더테이커가 뭔지 아니?"

"아니요."

세드릭의 순진한 눈망울을 들여다본 라나사는 언더테이커에 대한 설명도 덧붙였다.

"언더테이커는 언데드를 다루는 이들을 말해. 그러니까 사람이든 동물이든, 사체를 조종하는 사람. 네 작은아버지는 바로 그런 분이셔."

어쩐지 라나사의 말투에선 자부심이 느껴졌다.

"하지만 누님, 저 히포그리프는 살아 있는데요?"

아직 여덟 살 인생밖에 살아 보지 못한 세드릭은 언데드를 본 적이 없었다. 그래선지 라나사의 친절한 설명을 듣고도 쉬이 이해가 가질 않았다.

라나사는 그런 세드릭이 귀엽다는 듯 녀석의 머리를 쓰다듬으며 말했다.

"언데드는 원래 밤에만 활동하는 몬스터야. 낮에는 자의로 움직이지 못한대. 하지만 언더테이커가 명령하면 지금처럼 한낮에도 모습을 드러낼 수가 있어. 물론 힘은 많이 줄겠지만."

"아, 그래요?"

잠자코 듣고 있던 라피트가 저도 모르게 고개를 끄덕거렸다. 기실 그건 바율이나 친구들도 거의 비슷했다.

"너 언제 그렇게 공부했냐? 이런 건 시험에도 안 나오는데."

"최소한 내 아버지가 뭘 하는 분인지는 알아야 하니까."

에이단의 질문에 마치 '넌 무슨 그런 당연한 걸 묻니?' 하는 표정으로 대꾸한 라나사가 마저 입을 열었다.

"언데드를 구별하는 법은 아주 간단해. 보통 괴상한 소리를 내는 편이지만, 그거 외에도 뼈나 살점이 제대로 붙어 있질 않거든. 냄새도 지독해. 저 히포그리프도 몸체가 갑옷에 가려져서 그렇지, 엉덩이 쪽을 보면 살이 전부 떨어져 나가고 없잖아. 아공간, 아! 아까 허공에 생겨났던 검은 구멍이 아공간이라고 하는 거야. 그 안엔 분명 저런 언데드가 득실득실할 거야. 언제 한번 아버지께 보여 달라고 해야겠다. 재미있을 것 같지 않니, 세드릭?"

라나사는 기대감을 안고 정신없이 떠들어 댔지만, 안타깝게도 세드릭은 그에 답할 정신이 없었다.

언데드나 언더테이커가 뭔지는 대충 알겠는데, 그와 별개로 녀석의 머릿속에 박힌 건 패배라는 두 글자였다.

누님의 설명대로라면, 저 반쪽짜리 말은 엄청나게 강하다. 그러니 마상 시합에서도 질 게 뻔하다. 즉, 칠흑의 기사단은 3연패를 할 것이다.

"히잉, 이건 공평하지 못해요. 저 말을 보면 다른 말들이 무서워할 거란 말예요. 그리고 작은아버님은 세이모어가의 사람인데 왜 칠흑이 아니고 만월 기사단에 계신 거예요? 다시 우리 편 하면 안 돼요?"

만월 기사단이 제국 최고의 기사단인 건 세드릭에게 중요한 문제가 아니었다. 녀석에게 제일은 언제나 아버지가 이끄는 칠흑의 기사단이었고, 상대가 누구든 칠흑이 진다는 건 상상해 본 적도 없었다.

"세드릭, 거기엔 조금 복잡한 사정이 있었어. 작은아버지도 만월 기사단에 들어가고 싶어서 들어간 건 아니야. 어쩔 수 없이 그렇게 된 거지."

"그래도 작은아버님은 아버님의 동생이잖아요."

세드릭의 얼굴은 점점 울상이 되었다. 저 날개 달린 무서운 말이 시합장에서 날뛰며 칠흑의 기사단을 무너뜨릴 걸 생각하니 억울해서 눈물이 날 것만 같았다.

"잠깐! 우리도 선수 교체한다!"

그런 세드릭의 심정을 알았을까.

이를 갈며 동생을 노려보던 세이모어 백작이 갑자기 우렁우렁하게 외쳤다. 그가 옆의 기사에게 무어라 말을 전달하자 잠시 후, 처음 등장했던 이가 들어가고 다른 사내가 첫 주자로 나섰다.

"오호! 사무엘, 오랜만이군."

뜻밖에도 그를 보고 먼저 인사한 쪽은 아이작이었다. 그
가 환하게 웃으며 옛 친우를 반갑게 맞이했다.

"여기가 전쟁터도 아닌데 꼭 그런 걸 꺼내야 했나?"

사무엘이 아이작이 올라타고 있는 히포그리프를 마뜩잖
은 눈빛으로 쏘아보았다. 그러자 아이작이 투레질하는 녀
석의 목덜미를 문지르며 대수롭지 않게 되물었다.

"우리 데이지가 왜? 이 녀석도 반쪽 혈통은 말이라니
까?"

"데이지?"

히포그리프 언데드에게는 참으로 어울리지 않는 이름이
었다.

"내 아내가 좋아하는 꽃이거든."

클로에와 떨어져 지낼 수밖에 없었던 시절. 아이작은 그
녀에 대한 그리움을 이런 식으로 풀었다. 언제인가 그가 지
은 언데드의 이름을 나열했다가 또라이란 소리를 듣기도
했다.

사무엘은 한숨을 푹 쉬곤 고개를 내저었다.

"단원들이 수군거리기 시작했어. 네 얼굴을 알아본 놈들
이 단장님의 동생이 이래도 되는 거냐며 불만을 터뜨리고

있다고."

"그래서 뭐? 나보고 기권하라고?"

"…역시 그럴 마음은 전혀 없겠지?"

사무엘은 세이모어가의 오랜 가신 집안 출신이었다. 동갑내기 둘은 어린 시절부터 붙어 지내 왔기에 서로에 대해서라면 아주 잘 알았다.

"형님도 그러니까 널 내보냈겠지. 그냥 성기사로 말뚝을 박지 그랬냐. 뭐 하러 칠흑으로 돌아온 거야?"

"너 같은 망나니가 충성심에 대해 알 리가 없지."

샘물의 여신 아이티에 대한 친화력이 높은 사무엘은 성기사가 될 뻔한 과거가 있었다. 대대로 세이모어가를 위해 몸과 마음을 바쳐 충성한 집안이지만, 백작은 그의 능력을 존중해 성기사가 되는 것을 허락했었다.

그러나 사무엘은 자신이 뼈를 묻어야 할 곳은 칠흑의 기사단이라며 백작의 호의를 정중히 거절했다. 그래도 성기사가 되지 않는다고 친화력이 완전히 사라지는 것은 아니라서, 그에겐 언데드와는 상극인 신성력의 기운이 내재되어 있었다.

세이모어 백작이 사무엘을 첫 주자로 내세운 것은 그래서였다.

"이제 잡담 끝나셨으면 랜스나 좀 받아 주시죠들."

사다드가 신호하자 마상 경기용 창, 랜스를 들고 있던 신입 기사 둘이 급히 아이작과 사무엘에게로 다가갔다.

"푸르릉!"

데이지가 그런 기사를 향해 본능적으로 머리를 틀며 소리를 내자, 신입 기사가 '으아아!' 비명을 지르며 바닥에 주저앉았다.

눈알이 있어야 할 곳에 아무것도 없으니 등골이 오싹해진 것이다.

"우리 데이지가 어디가 어때서 그래? 나 좀 기분 나빠지려고 하네."

"이거요. 받으세요."

아이작의 헛소리가 길어지기 전에 얼른 해치우는 게 정신 건강상 이로웠다. 사다드가 넘어진 기사를 대신해서 랜스를 주워 들고는 아이작에게 건넸다.

"사다드, 너 어째 음성에 불만이 그득하다?"

"그걸 정녕 몰라서 물으십니까?"

"내가 첫 주자로 나가겠다고 한 것 때문에 아직도 그러는 거야? 선배가 정중하게 부탁하면 후배로서 당연히 들어줘야지. 뭘 그딴 걸로 여태 꽁해 있어?"

"정중한 부탁이요?"

사다드는 자기가 지금 무슨 말을 들었나 싶었다.

선배가 한 짓은 부탁이 아니라, 진상을 떨었다고 하는 겁
니다!

진심으로 이렇게 소리치고 싶은 걸 가까스로 참는 이유
는, 대련을 길게 끌지 말라는 공작의 명이 있었기 때문이었
다.

'내가 말을 말아야지, 말을!'

"그럼 다시 마상 경기를 속행하도록 하겠습니다! 양측
기사단은 출발점에 가 서 주십시오!"

사다드는 저를 바라보는 아이작을 못 본 척하며 커다란
목소리로 시합 재개를 알렸다.

"가자, 데이지."

아이작은 어깨를 으쓱이며 다리로 데이지의 배를 툭 찼
다. 그러자 녀석이 괴상한 울음을 토하며 천천히 몸을 돌렸
다.

"랜스는 멀쩡하군."

마상 결투에 사용되는 창은 일반 창과 달리 창대 중간에
자잘한 구멍이 나 있어야 했다. 그래야 잘 부러질 수 있었
고, 상대의 부상을 막을 수도 있었다.

아이작은 만족스러워하며 랜스를 옆구리에 착 붙였다.

잠시 후.

경기의 시작을 알리는 깃발이 솟았다.

"으랏!"

연무장의 끝과 끝에서 힘찬 외침과 함께 두 필의 말이 땅을 박차며 달려 나갔다. 아니, 엄밀히 따지면 '달린' 건 한쪽만이었다.

좌아아!

내내 접혀 있던 데이지의 날개가 활짝 펴지는 순간 여기저기서 비명이 터졌다.

공중으로 날아오르진 않았지만, 거의 나는 것이나 진배없었다. 일반 말과는 아예 비교조차 할 수 없는 상식 밖의 속도였기 때문이다.

"단숨에 아작을 내자!"

상대와 가까워지자 아이작은 데이지의 등을 두들기며 랜스를 좀 더 단단하게 조여 잡았다. 반대편에서 달려오던 사무엘 또한 신성력이 더해진 마나를 최대한으로 끌어 올리며 더욱 속도를 높였다.

몰아치는 긴장감에 양측 기사단은 숨 쉬는 것도 잊은 채둘을 주시했다.

콰앙!

아이작과 사무엘의 랜스가 서로에게 닿은 순간, 거대한 굉음이 연무장을 집어삼켰다. 그리고 이내 누군가가 말에서 떨어지며 바닥을 뒹굴었다.

"젠장할!"

"사무엘!"

어느 정도 예상을 하긴 했다만, 역시나 쓰러져 신음하는 이는 사무엘이었다. 중갑옷이 처참하게 구겨진 것으로 보아 상당한 통증이 예상되었다.

"…제 눈이 지금 잘못된 겁니까? 사무엘의 신성력이 전혀 소용이 없는 것 같은데요?"

"방어구 때문이네."

"무슨 방어구요?"

재차 묻는 세이모어 백작에게 공작은 예전 일을 떠올리며 얘기했다.

"언젠가 성기사에게 데이지의 목이 잘릴 뻔한 적이 있었거든. 자네도 알지 않나. 아이작이 언데드 중에서도 저 녀석을 제일 아낀다는 거."

"그래서 설마, 신성력을 막아 주는 방어구라도 착용했다는 겁니까?"

"저 갑옷이 바로 그거네. 거금을 들였다더군. 가진 재산의 절반을 날렸다던가."

"하…… 아주 지랄 염병을 했군요. 저놈 때문에 제 목숨이 얼마나 간당간당했었는지는 전부 잊었답니까?"

길들이기 힘든 히포그리프답게 데이지를 완벽하게 부릴

수 있게 되기까지 아이작은 꽤 장시간을 소비해야 했고, 그러는 동안 크고 작은 부상을 여럿 입었다.

문제는 당사자만 다친 게 아니었다는 거다.

세이모어 백작은 아직도 데이지만 보면 이렇게 피가 들 끓는데, 정작 당사자란 녀석은 형을 그리 들이받은 놈을 자식처럼 예뻐하고 있으니 환장할 노릇이다.

쿠히이잉!

그때, 첫 경기로 흥분한 데이지가 두 번째로 들어서는 말을 향해 뾰족한 부리를 갖다 대며 사납게 울었다. 녀석이 말굽으로 지면을 찍을 때마다 땅이 찢겨 나가는 듯한 울림이 번졌다.

아이작이 진정하라며 데이지의 고삐를 당겼지만, 이미 사태는 벌어졌다.

푸히잉!

언데드 몬스터에 겁을 집어먹은 군마가 겁을 먹고 날뛰기 시작한 것이다. 그 두려움은 다음 경기를 준비하러 나왔던 다른 말들에게도 전이되었다.

데이지의 맹수와도 같은 살기에 말들이 진저리를 치며 도망가려 애썼다. 당연히 마상 결투는 더 이상의 진행이 불가능했고, 아이작은 단 한 번의 경기로 우승을 거머쥐었다.

"보고 있나, 딸?"

아이작에겐 더없이 훌륭한 결말이었지만, 사회자인 사다드는 다르게 평가했다.

"완전 엉망진창이군."

만월 기사단과 칠흑의 기사단 간의 대련은 그렇게 조금은 어이없게 마무리가 되었다.

Chapter 4.
이상한 기시감

1.

"이제 오세요?"

대련을 마친 양측 기사단이 팔레즈 호텔로 들어서자 아네트와 클로에가 환하게 웃으며 다가왔다. 둘의 곁에는 어제 신전에서 만났던 이사벨과 그녀의 딸, 에피가 나란히 서 있었다.

"저희도 이제 막 티타임을 끝내고 헤어지려던…… 어머나, 세드릭! 너 얼굴이 왜 그러니?"

아까까지만 해도 잔뜩 신이 나서 대련 구경에 나섰던 막내였다. 녀석의 얼굴에서 눈물 자국을 발견한 아네트가 깜짝 놀라며 아들의 뺨을 두 손으로 감쌌다.

"어머님……."

자신을 염려하는 어머니의 말투에 겨우 진정했던 세드릭의 눈물샘이 다시금 터졌다. 녀석이 닭똥 같은 눈물을 뚝뚝 흘리며 아네트의 품에 안겼다.

"라나, 무슨 일 있었니?"

클로에도 놀라기는 마찬가지였다. 그녀가 걱정스러운 시선으로 세드릭을 보며 묻자, 라나사를 대신해서 아이작이 속닥였다.

"칠흑의 기사단이 져서 그래. 우리가 깔끔하게 물리쳤거든. 참고로 나는 마상 결투에서 우승했고."

그는 어느새 클로에의 옆에 착 달라붙어 있었다. 헤실헤실 웃는 모양새가 꼭 칭찬이라도 해 주길 바라는 듯한 기색이었다.

클로에가 황급히 아이작의 옆구리를 찌르며 아네트의 눈치를 살폈다. 아무리 귓속말이라지만, 어린 조카가 울고 있는 시점에 적절하지 않은 언사였다.

하지만 그런 그녀의 노력은 다 부질없는 짓이었다.

"도련님."

대련으로 지친 양측 기사단원들이 몸에 묻은 눈을 대충 털어 내며 각자의 숙소로 흩어지고 있었다. 그 사이를 아네트의 뾰족한 목소리가 뚫고 지나왔다.

굳은 표정과 서늘한 눈빛은 덤이었다. 방금 전 아이작의 말을 들은 게 분명했다.

"왜 그러십니까, 형수님?"

아내의 급변한 모습에 세이모어 백작이 움찔한 것과 달리, 아이작은 태연하게 눈을 들어 형수와 마주했다.

"마상 결투에서 우승하셨다니 퍽 좋으시겠어요."

"예, 뭐. 오랜만에 몸 좀 풀었습니다."

"아아, 그러셨군요. 도련님께서 우승하실 줄 알았다면 동서랑 같이 저도 참관할 걸 그랬습니다. 좋은 구경거리를 놓쳐서 너무 아쉽네요."

"대신 형수님께서 클로에와 즐거운 시간을 보내셨잖습니까. 하나뿐인 동서이니 부디 앞으로도 잘 부탁드립니다."

"아무렴요. 그래야죠."

아네트의 말끝이 미묘하게 비틀렸다. 그건 곧 좋지 못한 일이 벌어질 거란 일종의 징조였다.

아니나 다를까.

"그러잖아도 조금 전 동서와 약조를 하였답니다. 지금처럼 함께 지낼 날도 며칠 남지 않았으니, 남은 기간만이라도 매일 얼굴 보며 지내기로요. 그렇지, 동서?"

아네트가 방긋 웃으며 클로에를 쳐다보았다.

약조는커녕 그와 비슷한 얘기를 한 적도 없었기에 클로에는 어리둥절했지만, 차마 아니라고 부정하기가 힘들었다. 보는 눈들이 많은 데다, 형님을 거짓말쟁이로 만들 수는 없었기 때문이다.

"…매일을 말입니까?"

아내와 형수를 번갈아 바라보는 아이작의 금안이 믿을 수 없다는 듯 크게 떠졌다. 대련도 끝났으니 해밀턴으로 돌아가는 날까지 클로에와 한시도 떨어지지 않겠다 다짐했거늘, 이게 웬 날벼락인가 싶었다.

"아니지, 클로에? 형수님이 지금 나 놀리려는 거지?"

"제가 도련님을 놀리다니요? 언제 제가 그런 적이 있었나요? 여보, 당신이 한번 말해 봐요. 내가 누구 놀리고 그러는 사람이에요?"

"아니. 절대 아니지!"

도움을 요청하는 아내에게 세이모어 백작은 즉각 응답했다. 안 그래도 그 역시 동생에게 불만이 그득 쌓인 상태였다. 백작은 기꺼이 아내의 원대한 복수에 동참했다.

"말 나온 김에 동서, 우리 당장 상점 구경이나 하러 갈까? 눈보라도 거의 그친 것 같은데."

"…지금요?"

"응, 내가 동서한테 꼭 사 주고 싶은 게 있거든. 나간 김에 저녁도 먹고 오면 좋겠다. 여기 근처 레스토랑들 음식 맛이 하나같이 끝내주더라고. 괜찮죠, 여보?"

"그럼, 그럼. 다녀와. 세드릭은 내가 보고 있을게."

"저기요, 잠깐만요."

어느덧 클로에가 아네트의 손길에 끌려가고 있었다. 잠시 당황해 넋을 잃고 있던 아이작이 아내의 팔을 덥석 붙잡았다.

"형수님, 갑자기 이러시면 안 되죠. 저희 신혼여행 중인데."

"도련님이야말로 이렇게 나오시면 안 되죠. 저희끼리 약속한 일인데."

"그 약속, 다음으로 미루시죠. 제 소중한 시간을 빼앗지 말아 주셨으면 합니다."

"시간은 누구에게나 소중한 거라고 말씀드리고 싶군요."

"클로에는 제 아내입니다."

"저는 손윗사람이죠. 도련님께서 자주 잊으시는 듯하여 말씀드리자면, 저는 세이모어가의 안주인이랍니다."

클로에를 사이에 두고 두 사람은 한 치의 물러섬도 없었다. 고성이 오가거나 피가 튀거나 하지는 않았다. 하지만 어떤 전투보다도 치열해 보였다.

란데르트 공작과 측근들은 진즉에 고개를 저으며 자리를 피했고, 에피와의 뜻하지 않은 만남에 어색한 인사를 주고받던 바율과 친구들 또한 로건과 라피트의 눈빛 신호에 슬금슬금 멀어지기 시작했다.

과연 이 싸움의 승자는 누가 될 것인가.

일행이 그 결과를 알게 된 건 저녁 식사 자리에서였다. 랑트에 온 이래로 내내 숙소에만 처박혀 있던 아이작이 홀로 레스토랑에 나타난 것이다. 그런 그의 미간에는 짙은 주름이 몇 가닥 잡혀 있었다.

'쌤통이다, 요놈아.'

연무장에서 받았던 스트레스가 아내 덕에 날아갔다. 세이모어 백작은 속으로 연신 키득거리며 막내아들의 식사를 챙겼다.

"근데 데스와 크리스 씨가 안 보이네? 정말로 오늘부터 빵만 드시는 건가?"

평소대로라면 레스토랑에 제일 먼저 도착해 있어야 할 인물들이었다. 전채 요리가 끝나고 본식이 나올 때까지 둘이 보이지 않자 에이단은 슬슬 궁금해졌다.

그들이라면 진짜 빵만 먹고 있을지도 몰랐다. 두 형제에게 리타의 말은 절대적이었으니까.

"그딴 건 뭐 하러 묻냐? 난 안 보이니까 앓던 이가 빠진 것처럼 속이 다 시원하구먼."

일라이는 이대로 아주 평생 안 보고 살았으면 좋겠다고 중얼거렸다.

"라이, 넌 무슨 말을 그렇게 심하게 하냐? 그 먹성에 빵만 먹고 배가 차겠어?"

"배가 차든 말든 내가 왜 상관해야 하는데? 정 배고프면 자기들이 알아서 찾아 먹겠지. 한두 살 먹은 어린애도 아니고."

"헐, 냉정한 자식! 자기 일 아니라고 막말하는 것 봐."

"그 망할 마…… 형제들은 이참에 정신 좀 차려야 해. 그건 오로지 리타만이 할 수 있는 일이야."

하마터면 마족이라고 말할 뻔했다. 일라이는 간신히 호칭을 정정하며 고기 한 점을 입으로 가져가 잘근잘근 씹었다.

"저기…… 그 두 분이라면 아까 낮에 보니까 열심히 호텔 바닥을 닦고 있던데……. 오늘 아무래도 눈 때문에 여기저기가 엉망이었잖아."

리타에게 잘 보여서 다시금 식사권을 획득해야 한다며 의욕을 불태우던 둘을 보고 싱클레어는 고소를 금치 못했다. 아마 실제로 목도하지 않고 보고를 통해 들었더라면 절대 믿지 못했을 것이다.

그의 입장에서 현재 마황과 데스는 제정신이라 할 수 없었다. 뭐, 그 덕에 일이 쉬워지긴 했지만 말이다.

"그러고 보니 싱클레어, 넌 계속 호텔에만 있었던 거야?"

싱클레어가 적절한 타이밍에 나서 준 탓에 에이단과 일라이의 실랑이가 길어지지 않았다. 그에 바율은 다행이라 여기며 온종일 심심했을 친구에게 미안한 내색으로 물었다.

"눈보라가 심해서 나가기가 좀 그랬어."

"너도 같이 대련 구경을 했으면 재밌었을 텐데."

"괜찮아. 사실 나도 궁금하지 않은 건 아니었지만, 타국인인 내가 참관하는 건 실례일 것 같아서……."

"아, 그런가?"

거기까지는 미처 생각하지 못했다. 검술에 대해서 아무리 무지한 싱클레어라 할지라도 일국의 왕자라는 그의 신분은 확실히 대련을 보여 주기에 어딘가 불편한 구석이 있었다.

배려가 부족했다는 생각에 바율은 서둘러 화제를 전환했다.

"랑트에서 지내는 건 어때? 예상대로 꽤 춥지?"

"솔직히 상상했던 것보다 훨씬 더?"

싱클레어의 말에 친구들은 다 같이 웃음이 터졌다. 너무나 공감되는 말이었기 때문이다.

"여기가 진짜 춥기는 춥지. 호텔이랑 온천 아니었으면 난 벌써 캐링스턴으로 돌아갔을 거야."

"그래도 바욜 네 덕분에 이런 경험도 해 보고, 고맙게 생각해. 나중에 본국으로 돌아가면 자랑할 일이 생겨서 얼마나 다행인지 몰라."

"나중에? 이번 방학에는 가지 않고?"

"당분간 여행이나 해 볼까 해서. 왠지 재미난 일이 많이 생길 것 같거든."

뭐지?

그 순간 바욜은 또다시 머리털이 곤두서는 기이한 기분에 휩싸였다. 자신을 향해 수줍게 웃으며 말하는 싱클레어의 모습은 누가 봐도 선량했다.

그런데 녀석의 그 미소에서 난데없는 불길함이 느껴지는 이유는 무엇일까.

이상해도 너무 이상한 일이었다.

언젠가 본 적이 있는 듯한 묘한 기시감.

이제껏 살면서 이랬던 적이 한 번도 없었는데, 며칠 사이에 동일한 상대에게서 두 번이나 이런 낯선 감정을 품다니. 바욜은 스스로 납득하기가 어려웠다.

"참, 바율 넌 사촌 누나의 결혼식에 가야 한다고 했지? 그게 언제야?"

"내일 오전에 일찍 간다고 했을걸? 그렇지, 바율?"

"…어어. 모레가 결혼식이라서."

바율은 안개처럼 뿌옇게 어른거리는 의식 속에서 서둘러 빠져나오며 작게 심호흡했다. 근래 랑트를 돌보느라 피곤이 쌓여 예민해진 것이리라.

"근데 바율, 우리 진짜 안 가도 되는 거야?"

릴리스의 결혼식은 관례대로 신부의 고향인 해밀턴에서 거행될 예정이었다. 원래는 따뜻한 봄날에 치러졌어야 할 혼인이, 여러 사정으로 추운 겨울이 되고 나서야 올리게 되었다.

"너희는 내가 초대한 손님이잖아. 그러니 신경 쓰지 않아도 돼."

"그래도 네 사촌 누난데, 여기까지 와서 모른 척한다는 게 나는 좀 그래."

"에이단, 우린 바율 사촌 누나를 직접 본 적도 없잖아. 결혼식에 손님이 좀 많겠냐? 우리는 그냥 여기서 얌전히 바율이나 기다리면서 놀면 된다고."

"라이 말이 맞아. 아버지와 금방 다녀올 테니까, 너희는 여기서 푹 쉬고 있어. 나도 그게 마음이 편해."

"나는 같이 갈까 하는데."

"아니야, 퀸. 괜히 그랬다가 이목만 쏠리게 될 거야."

지느러미 귀를 가진 퀸은 어딜 가든 눈에 띌 수밖에 없었다. 친구를 자신 때문에 곤란하게 만들고 싶지는 않았다.

"바율, 돌아오는 건 언제야?"

해밀턴은 랑트에서 그리 멀지 않았다. 결혼식이 끝나는 당일에도 서두르면 충분히 올 수 있는 거리였다.

"으음, 식이 모레니까 글피에는 출발하지 않을까?"

"글피……."

돌아오는 날짜는 아버지와 아직 상의하지 않아서 바율도 확신할 수는 없었다. 싱클레어의 물음에 바율이 모호하게 내답하자 녀석은 어쩐지 뜻 모를 표정을 지었다.

"싱클레어, 바율이 없어도 우리랑 놀면 되는데 뭘 그렇게 서운해해? 너도 퀸처럼 사람 차별하냐?"

"어? 그런 거 아니야, 에이단. 단지 난 주인도 없는데 내가 염치없게 오래 머무는 건 아닌가 해서……."

"넌 왕자라는 녀석이 별걱정을 다한다. 그래 봤자 고작 이틀 정도야. 금방 돌아온다잖아."

"그래, 싱클레어. 편하게 지내. 초대해 놓고 자리를 비우게 되어서 오히려 내가 더 미안한걸."

바율은 웃으며 농담처럼 덧붙였다.

"그래도 나 빼고 너무 재미있게 놀지는 마. 알겠지?"

글쎄.

얼마나 재미있을지 지금으로선 감도 안 잡히는데.

바율이 없는 동안 랑트는 지도상에서 완벽하게 지워질 운명이었다. 그리고 그건 정령계가 다시금 멸망의 길로 들어서게 될 서막에 불과했다.

"응, 바율. 늦지 않게 와야 해."

녀석은 돌아오면 과연 어떤 얼굴로 자신을 마주할까. 미래를 상상하자 짜릿한 쾌감과 함께 싱클레어는 저도 모르게 입꼬리가 휘었다.

Chapter 5.

바울이 없는 사이에

1.

이른 아침, 바율은 만월 기사단의 호위를 받으며 아버지와 함께 랑트를 떠났다. 세이모어 백작과 아네트 역시 칠흑의 기사단을 대동한 채 그들 부자와 동행했다.

리암은 란데르트 공작의 하나뿐인 동생이자, 도당에서 중책을 맡은 고위 귀족이었다. 그의 막내딸인 릴리스의 결혼을 축하하고자 많은 이들이 혹한을 뚫고 해밀턴으로 오고 있었다.

본디 나서길 좋아하지 않는 공작이지만, 금번만큼은 동생과 조카를 위해서 최대한의 인내심을 발휘해 손님들을 맞이할 생각이었다.

바율도 그런 아버지의 뜻을 따라 해밀턴에 있는 동안 기꺼운 마음으로 방문객들을 대할 참이었다.

똑똑.

"네, 들어오세요."

해가 중천에 떠오른 시각. 일찍부터 길을 나선 바율을 염려하는 것인지, 어제의 눈보라가 기억나지 않을 정도로 화창한 날씨였다.

방 주인인 라나사가 허락하자 문이 열리며 의외의 인물이 들어섰다.

"리타?"

"헤헤, 안녕하세요."

웃으며 인사하는 그녀의 손에는 장작이 한 움큼 들려 있었다.

"리타가 여긴 어쩐 일이야? 그 장작은 또 뭐고?"

라나사는 에피에게 잠시 양해를 구하며 소파에서 일어났다. 어제 일방적으로 약속을 미룬 것에 대해 사과하는 의미로 에피와 함께 점심을 먹은 후 숙소로 초대해 가벼운 티타임을 갖던 차였다.

"앗, 손님이 계셨군요. 제가 두 분 시간을 방해했나 봐요."

뒤늦게 에피를 발견한 리타가 장작을 든 채 머뭇거리자,

라나사가 휘휘 손을 저었다.

"아니야, 그런 거. 단지 난 리타의 방문이 뜻밖이라서 그래. 숙소 담당은 따로 있는 거 아니었어?"

이제껏 라나사의 방을 청소하고 관리하던 직원은 건장한 체구의 남자였다. 분명 오늘 아침까지만 해도 같은 사람이 었는데, 왜 갑자기 리타로 변경된 건지 모를 일이었다.

게다가 리타는 바율의 전담 시녀였다. 바율을 좇아 해밀턴에 갔어야 할 그녀가 어째서 이곳에 남았는지도 의문이었다.

"아, 저는 난방 점검만 하러 잠시 들른 거예요. 행여 감기라도 걸리시면 안 되잖아요."

"감기?"

라나사는 태어나서 그런 걸 걸려 본 적이 없었다. 보육원에서 지낼 때도 배를 곯아서 하늘이 노래진 적은 있어도 어디가 아프거나 하지는 않았다.

"어제보다 날이 따뜻하긴 하지만, 그래도 바람은 엄청 차갑거든요. 저렇게 발코니 문도 장시간 열어 두고 그러시면 안 돼요."

리타는 벽난로 앞에다가 들고 온 장작을 내려놓았다.

"도련님께서 라나사 아가씨는 남부 태생이라서 추위에 약하실 거라고, 실내 온도가 떨어지지 않도록 각별히 신경 쓰라고 제게 당부하셨답니다. 마침 벽난로 불이 죽어 가고 있었네요. 때맞춰서 잘 온 것 같아요."

리타가 다행이라는 듯 미소를 지으며 장작 두어 개를 벽난로 안으로 밀어 넣었다.

"…바율이 그런 부탁을 하고 갔어?"

라나사 입장에선 쓸데없는 걱정이었지만, 바율의 마음씨만은 고마웠다.

"네. 도련님께서 제게 잠깐 가 계실 동안 친구분들을 잘 보필해 달라고 하셨어요. 초대해 놓고 자리를 비우시는 게 아무래도 마음이 많이 쓰이셨나 봐요."

리타가 부집게로 장작이 잘 탈 수 있도록 벽난로 안을 정리했다.

"역시 바율은 배려심도 많구나."

조용히 앉아 라나사와 리타 간에 오가는 대화를 듣고 있던 에피가 배시시 웃으며 작게 중얼거렸다.

랑트까지 와서 제대로 된 이야기도 나누지 못하고 그나마도 짧은 인사만 주고받은 게 전부지만, 조금도 기분 상하지 않았다. 오히려 이렇게 멋진 도시를 만들어 낸 바율이 전보다 훨씬 대단하게 느껴졌다.

"혹시라도 저에게 따로 부탁하고 싶은 게 있으시면 언제든 말씀해 주세요. 제 능력 밖의 일만 아니라면 뭐든 다 해

드릴 수 있답니다."

"…질문 같은 것도 되려나?"

뭐든 다 해 준다는 리타의 말에 라나사는 요 며칠 저를 어지럽게 하는 문제가 불쑥 떠올랐다.

"제게 여쭤실 게 있으세요?"

리타가 부집게를 든 채 의아한 기색으로 라나사를 향해 고개를 돌렸다.

"응. 그 데스 경과 크리스 씨 말인데, 둘이 진짜 형제가 맞아?"

"아, 그게 궁금하셨구나. 네, 맞아요. 하나도 안 닮았죠? 둘이 나란히 있으면 꼭 체스보드를 보는 것 같다니까요. 한쪽은 시커멓고 다른 한쪽은 새하얀 게, 안 어울려도 너무 안 어울려요. 바르랑 아몬, 아고스까지 다섯 형제가 다들 완전 딴판으로 생겼죠. 그러기도 쉽지 않을 텐데."

리타가 말을 안 해서 그렇지, 돌아가셨다는 그들의 부모님들이 궁금할 때가 종종 있었다.

"그래도 식성만큼은 다섯 형제가 똑 닮았어요. 아가씨도 보신 적 있죠? 그 먹성에 살이 안 찌는 게 신기하다니까요?"

"그들 전부 원래부터 하인이었어? 얼핏 들으니 리타를 스승님이라고 부르는 것 같던데."

"바르만 그렇게 부르는 거예요. 제가 요리를 가르쳐 주고 있거든요."

바르가 거론되자 리타는 저도 모르게 한숨이 새어 나왔다. 예상했던 대로 바르의 요리 실력은 해밀턴으로 돌아오자마자 무의 상태로 되돌아갔다. 그래서 현재 그는 엄청난 좌절감과 상실감에 빠져 있었다. 나름 스승이라고 불리고 있었기에 리타 역시 그런 상황이 안타까웠다.

"그리고 제일 먼저 하인으로 취직한 건 데스 씨예요. 캐링스턴에서 공고를 냈었거든요. 동생들과 형님은 나중에…… 엄마야!"

벽난로의 불꽃이 자리를 잘 잡은 것 같아 막 일어서려던 찰나였다. 리타는 별안간 부집게를 타고 화르르 치솟는 불길에 비명을 지르며 엉덩방아를 찧었다.

"리, 리타!"

갑작스러운 사태에 라나사와 에피도 깜짝 놀라며 덩달아 소리를 질렀다.

"으아아아!"

부집게는 진즉에 놓쳤지만, 불길은 이미 리타의 팔뚝으로 옮겨붙었다. 당황한 리타는 팔을 흔들며 바닥에 엎어진 채로 버둥거렸다.

라나사는 다급히 주변을 살폈다. 그런 그녀의 눈에 탁자에 놓인 꽃병이 들어왔다.

'우선 저거라도!'

라나사는 즉시 꽃병에서 꽃을 뽑아내고 담겨 있던 물을 리타의 팔에다 뿌렸다. 불은 다행히 소량의 물에도 치직, 소리를 내며 금방 꺼졌다.

"리타! 괜찮아?"

불길은 잡았지만, 그 짧은 사이 화마가 두툼한 옷을 태우고 들어가 리타의 살가죽까지 손상시켰다. 눌어붙은 소매 아래 모습이 처참했다. 신음을 흘리지 않는 게 이상할 정도였다.

"리타, 나한테 얼른 업혀! 신전으로 가서……!"

치료하자, 라는 말을 라나사를 미처 끝내지 못했다. 놀랍게도 리타의 상처가 저절로 아물고 있었기 때문이다.

'뭐, 뭐지?'

그 속도가 어찌나 빠른지 라나사는 직접 보고 있으면서도 믿을 수가 없었다.

"고, 고맙습니다. 라나사 아가씨."

잠깐 얼이 나가 있던 리타는 가까스로 정신을 차리며 몸을 일으켰다. 부집게와 팔에 기름을 발라 둔 것도 아닌데, 난데없이 불이 옮겨붙은 이유가 뭐란 말인가. 하마터면 혼이 다 빠질 뻔했다.

"도움 주셔서 감사해요. 아가씨 아니셨으면 크게 다쳤을 거예요."

리타는 팔을 이리저리 돌려보며 안도의 숨을 내쉬었다.

"두꺼운 옷을 입고 와서 천만다행이네요. 고통 중에서도 제일 아픈 게 화상이라고 들었는데…… 휴우! 십년감수했습니다."

"…전혀 통증을 못 느꼈어?"

라나사는 이상함을 마저 느낄 새도 없었다. 리타의 말은 마치 본인이 화상을 입었던 걸 아예 모르는 것 같았기 때문이다. 좀 전의 상처라면 무통각증 환자가 아니고서야 절대 그럴 수 없었다.

"네, 약간 뜨겁기만 했어요. 근데 불이 대체 왜 제 팔까지 올라왔을까요? 아까 아침에도 요리하다가 뜨거운 물에 델 뻔했었는데……."

그땐 바르의 빠른 순발력 덕분에 위기를 모면했다.

"오늘 무슨 날인가 봐요. 아끼던 옷이었는데 엉망이 되었네요."

망가진 겉옷을 원망스러운 눈길로 내려다보며 리타가 꿍얼거렸다.

'내가 잘못 본 건가?'

멀쩡한 리타의 모습에 급기야 라나사는 자신의 눈을 의

심했다. 에피에게 혹시 너도 뭔가 본 게 없냐고 묻고 싶었지만, 그녀는 줄곧 뒤에 있었기에 보고 싶어도 볼 수가 없었다.

당최 뭐가 뭔지 모르겠다.

귀신이 곡할 노릇이란 게 딱 지금과 같을 것이다. 리타가 크게 다치지 않은 건 정말이지 너무나 다행한 일이지만, 그 덕에 라나사의 머릿속은 더 복잡해졌다.

"어? 저게 뭐지?"

리타가 어쩔 수 없이 방으로 돌아가 옷을 갈아입어야겠다고 생각할 때였다. 열린 발코니 문 사이로 뭔가가 휙 지나갔다. 한데 그 크기가 사람의 것이 아니었다.

설마 호텔 주변에 야생 동물이라도 있는 건가?

아니면 몬스터?

"헉!"

리타는 숨을 들이켜며 황급히 발코니로 나가 주위를 살폈다.

뭐가 되었든 당장 잡아들여야 한다. 그렇지 않으면 호텔 투숙객들에게 피해를 줄 수도 있었고, 그로 인해 항의를 받게 될지도 몰랐다. 도련님께서 힘겹게 일구신 도시를 한낱 날짐승 따위가 망치게 둘 수는 없었다.

리타는 만약 몬스터를 발견한다면 보초를 서고 있는 경

비병들에게 말할 심산으로 열심히 두리번거렸다.

"어디로 갔지?"

하지만 아무리 둘러봐도 수상한 그림자 하나 찾을 수 없었다. 난간을 짚고 몸을 쭉 내밀어 아래까지 샅샅이 훑어보았지만, 이렇다 할 만한 특이점은 전혀 없었다.

"리타, 대체 뭘 봤기에 그래?"

혼란스러움을 애써 떨쳐 버리며 라나사가 리타에게로 다가갔다.

"조금 전에 크게 다칠 뻔했잖아. 그만하고 들어오는 게…… 리타!"

그때였다.

별안간 리타가 기댄 난간에 쩍, 금이 가더니 한순간에 그대로 와르르 무너졌다.

"으아악!"

안 그래도 리타는 까치발을 딛고 난간 밑을 내려다보던 중이었다. 무게 중심이 밖으로 쏠려 있었던 탓에 자연히 그녀의 몸은 중력의 법칙을 이겨 내지 못하고 아래로 하강했다.

"…잡았다!"

그러나 이번에도 구원자가 있었으니, 역시나 라나사였다. 그녀가 번개처럼 튀어 나가 리타의 손목을 낚아챈 것이다.

"라나사!"

에피가 비명을 내지르는 소리가 뒤쪽에서 들려왔다.

"리타, 지금부터 내가 천천히 위로 끌어 올릴 테니까 몸에서 힘 빼. 나 팔 힘 무지 세니까 겁먹지 말고. 알았지?"

라나사는 우선 리타를 안심시켰다. 리타를 붙잡느라 그녀의 몸은 발코니에 엎드려진 상태였다. 까마득한 높이에 눈앞이 잠시 아찔했다.

여기서 떨어지면 바로 사망 각이다. 운이 좋으면 살 수도 있겠지만, 그렇다 해도 평생을 불구로 살아야 할 것이다.

그런 일이 벌어져서는 절대 안 된다.

리타는 자신과 친구들에 대한 미안함에 바율이 기껏 대리 임무를 부탁하고 간 아이였다. 녀석이 여동생처럼 여기는 그녀가 잘못된다면, 당사자도 당사자지만 바율을 볼 낯이 서지 않았다.

라나사는 흥분을 가라앉히고 리타를 잡은 손에 힘을 가했다.

우지직, 하는 소리가 울린 것은 그때였다.

리타에게 온 신경을 쏟아붓고 있던 라나사는 물론, 발코니 문 앞에서 안절부절 왔다 갔다 하던 에피에게도 그 울림은 선명하게 전해졌다.

"젠장!"

라나사의 입에서 절로 욕이 튀어나왔다.

본인 몸 하나쯤은 어떻게 피할 수 있을 것 같은데, 불행히도 그녀는 지금 혼자가 아니었다. 자기만 살자고 리타의 손목을 뿌리칠 수는 없었다.

"꺄아악!"

부서진 난간에 이어, 그들을 지탱하고 있던 발코니 전체가 무너져 내렸다. 라나사와 리타가 무서운 속도로 추락했다.

'뭔가 잡을 게 있을 거야!'

눈을 꾹 감은 채 괴성만 내지르는 리타와 달리 라나사는 주변을 훑고 있었다. 나뭇가지든 뭐든 간에 잡을 만한 것이 있으면 손가락이 부러지는 한이 있더라도 붙들어야 했다.

기적적으로 어딘가에 걸려 추락이 멈춰진다면 더할 나위 없이 좋겠지만, 지금은 그런 요행 따위를 바랄 때가 아니었다. 어떻게든 낙하 속도를 줄여야 목숨이라도 부지할 수 있었다.

"리타, 정신 똑바로 차려! 내 손 절대 놓으면 안 돼!"

라나사는 떨어지는 와중에도 몸의 근력을 이용해 리타를 꼭 끌어안았다. 그리고 있는 대로 마나를 끌어 올렸다.

'그래, 저 발코니!'

그때 툭 튀어나온 다른 층의 난간이 라나사의 눈에 들어와 박혔다. 일전에 바율이 말하길, 팔레즈 호텔의 육층부터 꼭대기까지 테라스가 전부 온천 호수를 향해 설계되어 있다고 했었다.

라나사의 방은 꽤 고층이었으니, 난간을 붙잡을 기회가 몇 번 더 있다는 뜻이었다.

'저걸 잡아야 해!'

하지만 그게 한 손만으로 가능할까?

그리고 운이 좋아 붙잡는다고 해도, 리타를 놓치지 않을 수 있을까?

지금 같은 속도로 낙하하다 한순간에 멈추게 되면 그 충격은 고스란히 라나사와 리타의 차지가 될 터였다. 평생 살면서 위험한 고비를 몇 번 맞닥뜨렸건만, 이처럼 자신감이 없기는 또 처음이다.

"후우!"

그래도 해내야 한다. 어차피 리타와 함께 떨어지는 순간 '어떻게든 되겠지' 하는 심정이었다. 호텔 외벽 사이로 부는 강풍 탓에 몸이 이리저리 흔들렸지만, 손만 잘 뻗으면 닿을 수 있는 거리였다.

"제발……!"

바율이 있었다면 간단한 바람으로 해결되었을 텐데. 녀석의 빈자리를 새삼 자각하며 라나사를 입술을 세게 깨물었다. 입안에서 피 맛이 느껴졌다.

"조금만…… 조금만 더……!"

바람의 방해로 몇 개의 발코니를 그냥 지나쳤다. 숫자를 셀 정신이 없어서 잘은 모르겠지만, 지상과 가까워지고 있는 것만은 사실이었다.

리타에게선 이제 아무 소리도 들리지 않았다. 축 늘어진 채 얌전히 안겨 있는 게, 아무래도 기절한 모양이었다. 차라리 잘된 일이었다.

"으아합!"

라나사가 젖 먹던 힘까지 짜내며 기합성을 터뜨렸다. 순간 그녀의 한쪽 손이 칠흑빛으로 물들었다.

타핫!

그리고 마침내 그녀가 난간을 붙드는 데 성공했다.

"끄아악!"

동시에 라나사에게서 신음이 터졌다. 이제 갓 마나를 운용할 수 있게 된 라나사가 팔 전체를 보호한다는 건 사실 애초부터 불가능했다.

엄청난 통증이 손목과 팔등을 강타하고 그녀의 온몸으로 전해졌다. 찌르르한 고통에 당장이라도 숨이 멎을 것만 같았다. 영하의 날씨가 무색하게 라나사의 얼굴은 금세 땀으로 범벅이 되었다.

"안 돼……!"

더는 손에 힘이 들어가질 않았다. 밑으로 떨어지지 않고 버티는 게 용할 정도였다.

현재 라나사는 리타를 안은 채 난간을 겨우 붙들고 위태롭게 매달린 형국이었다.

팔뼈가 부러진 게 분명했다. 발코니 안쪽으로 넘어가야 하는데, 도저히 몸이 말을 듣지 않았다. 리타를 안고 있는 팔에서도 점점 힘이 빠졌다.

'제기랄! 이게 내 한계인가?'

라나사는 스스로에게 욕지거리가 튀어나왔다. 그동안의 수련이 다 헛짓인 것만 같았다.

"엄마…… 아빠……!"

힘들 때면 부모님이 생각난다는 아이들의 말을 이해할 수 없었는데, 비로소 그 기분을 절절히 느끼고 있었다.

제 부모님에겐 닿지도 않을 음성을 조용히 뇌까리며 라나사는 결국 아래로 추락했다.

그녀의 자의가 아니었다. 부들부들 떨면서까지 간신히 붙잡고 있던 난간을 끝내 놓친 것이다. 그 충격으로 리타의 허리를 감고 있던 나머지 한쪽 팔도 스르륵 풀리고 말았다.

"······!"

하지만 언제부터였을까.

욱신거리는 팔의 통증에 정신이 혼미해져 갈 무렵, 라나사는 문득 자신이 공중에 멈춰 있다는 사실을 깨달았다.

내가 꿈을 꾸나?

아니, 그새 죽어서 영혼만 남은 건가?

의아함도 잠시, 라나사의 혼탁한 시야에 별안간 펄럭이는 검은색 옷자락이 걸렸다.

라나사는 천천히 턱을 들어 정면을 응시했다. 그곳에는 놀랍게도 데스가 서 있었다. 혼절한 리타를 품에 안은 채로.

라나사의 심장이 무섭게 두방망이질했다. 그것이 자신을 보고 있는 데스의 무서운 표정 때문인지, 그도 아니면 허공에 떠 있는 이 말도 안 되는 상황 때문인지 분간이 안 갔다.

"치료가 필요해 보이는군."

라나사의 팔을 쳐다보는 데스의 시선은 무심했지만, 그의 목소리에 담긴 건 분명한 분노였다. 실제로 그는 지금 매우 화가 난 상태였다.

"올라가지."

데스가 한마디 내뱉자 그는 물론, 라나사의 몸뚱이까지

위로 딸려 올라갔다. 거센 바람이 몰아치고 있었지만, 그건 조금의 위협도 될 수 없었다. 그들은 빠르게 발코니가 무너진 라나사의 방으로 복귀했다.

에피는 사람을 부르러 갔는지 보이지 않았다. 데스가 곧장 소파로 걸어가 조심스럽게 리타를 내려놓았다.

"노, 놀라서 잠시 정신을 잃은 거예요."

리타를 내려다보는 데스의 무거운 눈빛에 라나사는 마치 변명처럼 말했다. 그러자 그의 시선이 힐긋 라나사를 향했다가 이내 다시 리타에게로 돌아갔다.

그 모습이 꼭 '내가 그 정도도 모를 것 같아?' 하고 말하는 듯했다.

쾅!

숙소의 문이 벌컥 열린 것은 그때였다.

"라나사!"

에이단과 일라이, 로건과 퀸이 헐레벌떡 안으로 뛰어 들어왔다. 단체로 온천욕이라도 하고 있었는지, 그런 녀석들의 몸에서는 물이 뚝뚝 떨어지고 있었다.

"뭐가 어떻게 된 거야?"

"발코니가 무너지면서 리타랑 함께 추락했다고 들었는데, 무사한 거야?"

"때마침 데스가 나타났었나 보지?"

무너진 난간을 보고 인상을 구기던 친구들의 낯빛이 데스를 발견하고 눈에 띄게 안도하는 기색이었다.

"어휴, 에피가 하도 횡설수설을 하길래 뭔 일 터진 줄 알고 진짜 깜짝 놀랐네. 다행이다."

"아직 안도하기엔 이른 거 같은데."

로건이 라나사에게로 저벅저벅 걸어왔다.

"팔, 부러진 거야?"

라나사의 한쪽 팔에는 찢기고 긁힌 흔적이 뚜렷했다. 그나마 피를 많이 흘리지는 않았지만, 문제는 뼈가 온전하지 않다는 것이었다. 팔꿈치가 탈골이라도 되었는지 자세 역시 영 불편해 보였다.

"손가락은 또 왜 이래?"

검지와 중지가 기이한 각도로 꺾인 데다 검붉은 멍투성이였다. 어디 그뿐인가. 지금도 붓고 있는 게 실시간으로 확연히 보일 만큼 상태가 좋지 않았다.

"떨어지다가…… 좀 다쳤어."

사고와 데스로 인해 놀랐던 마음이 좀 진정되자 어마어마한 통증이 라나사를 덮쳤다. 이를 악물고 버텨 보려고 했지만, 기운을 소진한 탓인지 몸이 휘청거렸다.

"라나사!"

로건이 재빨리 멀쩡한 라나사의 팔을 잡으며 그녀를 부

축했다. 웬만한 일로는 끄떡도 하지 않는 라나사가 이 정도로 힘들어하는 걸 보니, 분명 심각한 부상이었다.

게다가 그녀가 다친 쪽은 검을 쥐는 손이었다. 제대로 치료하지 않으면 후유증이 남아 라나사를 평생 괴롭힐 수도 있다.

"이쪽으로 눕혀."

그때 퀸이 나서며 리타의 반대편 소파를 가리켰다. 로건은 주저하지 않고 라나사를 들어 그곳에 눕혔다. 퀸이 다음으로 무엇을 할지는 그녀만 빼고 모두가 다 알았다.

"근데 너…… 괜찮겠어?"

퀸의 힘은 상대의 부상과 고통을 온전히 자신의 것으로 가져와 스스로의 몸을 치료하는 방식이었다. 그의 치유 능력이 절실한 상황이긴 하나, 그렇다고 당연히 맡기기엔 미안한 것도 사실이었다.

"이게 있잖아."

로건이 무슨 생각을 하는지 훤히 보였다. 퀸은 부러 대양의 눈을 끼고 있는 손을 들어 흔들었다.

"다른 사람들 오기 전에 얼른 해야겠어."

퀸이 문을 향해 눈짓하자 일라이가 잽싸게 걸어가 망을 봤다.

퀸의 두 손이 라나사의 부러진 팔에 은근하게 닿았다. 비록 통증으로 눈앞이 흐리긴 했지만, 라나사는 정신을 완전히 잃은 것이 아니었다. 그렇기에 퀸의 뜬금없는 행동을 이해할 수 없었다.

하지만 그러기도 잠시. 서서히 통증이 줄어들자 라나사는 의아할 수밖에 없었다. 무언가 시원한 기운이 팔 전체를 감싸며 그녀를 보듬는 듯한 느낌이었다.

눈꺼풀을 내린 채 멍하니 자신의 팔을 바라보던 라나사가 허리를 펴고 일어나 망가졌던 팔을 들어 올렸다. 그런 그녀의 얼굴엔 경악이 서려 있었다. 찢어졌던 상처도, 부러진 뼈도, 검붉은 멍도 전부 사라졌기 때문이다.

라나사는 검을 수련하는 기사학부생이었다. 오늘같이 심각한 수준의 부상은 처음이지만, 가벼운 상처는 숱하게 입었고 그때마다 신전을 찾아 도움을 받았다.

그러나 이처럼 단번에 완벽히 치료하는 건 어느 신전에서도 본 적이 없었다.

"퀸, 너……!"

라나사의 눈에 이상한 광경이 잡힌 건 그때였다. 퀸의 팔에 자신과 똑같은 상처가 생긴 것도 기이하지만, 더 놀라운 건 그 상처가 저절로 낫고 있다는 점이었다.

그 순간 라나사는 지난날, 황궁으로 가던 기차 안에서 친구들의 싸움을 말리던 바율이 넘어지면서 다쳤던 기억이 떠올랐다.

'설마 그때도?'

처음엔 바율의 손가락이 부러진 줄 알았었는데, 돌아온 녀석의 손은 멀쩡했었다. 그래서 여태 자신이 잘못 봤던 거라고 생각했거늘, 그게 아니었다.

"핫!"

너무 늦게 알아 버린 진실 앞에서 라나사는 일순 웃음이 배어 나왔다. 설마 이런 대단한 능력을 숨기고 있었을 줄이야.

"라나사, 너 괜찮냐?"

"갑자기 웃기는 왜 웃어?"

방금까지 아파서 금방이라도 죽을 것 같아 보이더니, 돌연 무섭게 왜 이러나 싶었다. 퀸은 생색을 내기는커녕 소임을 다했다는 양 다쳤던(?) 팔을 두어 번 흔들더니 말없이 라나사에게서 떨어졌다.

"너희."

라나사가 두 다리를 딛고 바닥에서 일어섰다. 그러곤 가늘어진 시선으로 친구들을 빙 둘러보았다.

"나한테 또 말 안 한 거 있지?"

"…또 말 안 한 거?"

친구들 입장에서 라나사의 질문은 궤도를 이탈해도 한참

이탈했다. 마땅히 퀸의 능력에 대해 물어볼 거라고 짐작하고 있었기 때문이다.

"아까 리타의 몸에 불이 붙었어."

"뭐? 불이 붙었다고?"

놀란 친구들이 급히 리타를 살폈지만, 당연히 아무런 흔적도 없었다.

"분명 살이 타들어 가는 걸 내 눈으로 목격했는데, 조금 전 퀸처럼 알아서 아물어 버리더라. 한데 정작 리타는 그런 자신의 상태를 전혀 모르는 것 같았어."

그거야 본인의 힘을 알면 놀라서 까무러칠 게 뻔하니까.

그녀가 모르는 게 어디 그거뿐인가.

여러 사정을 고려해서 그들은 리타에게는 더더욱 비밀을 엄수하고 있었다.

"근데 말이야."

라나사가 이번에는 데스를 지목했다.

"내가 더 궁금한 건 이분의 정체야. 아무리 생각해도 단순한 호위 기사는 아니신 것 같거든. 마법사도, 정령사도 아닌 분이 허공에서 그렇게 자유롭게 움직인다는 게 난 도무지 이해가 안 가네."

"…그럼 추락해서 죽게 내버려 둬?"

라나사에게 그런 모습을 보여 주면 어쩌냐는 듯한 눈빛

으로 친구들이 쏘아보자, 데스가 까칠하게 응수했다. 기실 그에겐 자신의 존재를 아는 인간이 하나 더 늘어난다고 해서 새삼 크게 달라질 것도 없었다.

"설마 당신…… 마족인가요?"

부지불식간에 튀어나온 라나사의 물음에 친구들이 얼어붙은 것과 달리, 데스는 도리어 희미한 미소를 지었다. 가려진 앞머리 사이로 언뜻 비치는 그의 눈동자가 새빨간 빛을 뿜어내자 라나사는 저도 모르게 뒷걸음질 쳤다.

'뭐, 뭐야?'

'라나사가 데스를 어떻게 알아본 거지?'

깜짝 놀란 친구들은 대꾸할 생각조차 하지 못한 채 서로를 보며 그저 입만 벙긋거렸다.

물론 라나사도 완전히 확정하고 물을 것은 아니었다.

의심에 의심이 더해져서 내린 합리적인 추론이라고 해야 할까.

그간 수상한 점을 한두 번 느낀 게 아니었는데, 며칠 전 데스의 형이라던 크리스가 결정적인 발언을 하였다. 마계에만 있다는 광물을 '필요하면 가져다주겠다'던 그의 말투가 마치 진심처럼 느껴졌기 때문이다.

그런데 녀석들의 반응을 보니 자신의 추리가 틀리지 않은 모양이었다.

"왜들 그렇게 놀라지?"

"노, 놀라기는 누가 놀랐다고 그래!"

"에이단, 너 지금 말 더듬은 건 알고 있니?"

라나사가 데스를 힐긋거리며 친구들에게 요구했다.

"이렇게 된 거 그냥 속 시원히 말해 주는 게 어때? 사실 난 바율 주변에 드래곤이 있다고 해도 믿을 수 있을 것 같 거든. 안 그래도 그 녀석 주변엔 평범한 인물이 없어서 말 이야."

"콜록! 콜록!"

도둑이 제 발 저리다고 누가 말했던가. 일라이가 속이 뜨 끔했는지 갑자기 밭은기침을 토했다. 라나사는 아무 의미 없이 한 말일 텐데, 눈을 굴려 대며 그녀와는 눈길도 맞추 지 못했다.

"라나사!"

그때 방문이 거칠게 열리며 아이작이 달려 들어왔다. 그의 뒤로 클로에와 라피트, 세드릭, 그리고 에피가 보였 다.

"발코니가 무너져서 아래로 떨어졌다 들었다! 어디 다친 데는 없는 것이냐?"

아이작은 라나사의 양팔을 붙든 채 딸의 전신을 위아래 로 꼼꼼하게 훑었다. 하지만 퀸에 의해 그녀의 신체는 이미 완벽하리만치 말짱해진 상태였다.

"보시다시피 전 괜찮습니다. 운이 좋았어요. 바로 아래 층 발코니에 딱 걸렸거든요."

급조한 변명이지만, 나름 논리에 맞는 대처였다. 고작 한 층이니 타박상 정도로 끝났다는 것에 충분히 납득이 될 터 였다.

"누님!"

세드릭이 눈물이 그렁그렁해서는 라나사를 꽉 끌어안았 다.

그녀와 한시도 떨어지기 싫어했던 녀석이 숙부와 함께 있었던 것은 라나사와 에피의 시간을 방해하지 않기 위해 서였다.

한데 제 사랑하는 누님께 난데없이 사고라니. 소식을 듣는 순간 세드릭은 심장이 쿵 떨어지는 듯한 기분을 느꼈 다.

"세드릭, 나 괜찮아. 그러니 울지 말렴."

새삼 녀석이 옆에 없었다는 게 다행이라 여겨졌다. 아까 그 모습을 보았다면 충격으로 경기를 일으켰을지도 모른 다.

"라나……."

클로에도 적지 않게 놀란 듯, 온전한 라나사를 마주하고도 여전히 얼굴이 희게 질려 있었다. 큰 사고를 당한 것은 맞지만, 이쯤 되자 라나사는 자신이 흡사 엄청난 잘못이라도 저지른 기분이었다.

"하하, 저 진짜 괜찮아요. 제가 원래 이런 식으로 막 걱정을 끼치고 그러는 사람이 아닌데 말이죠."

"라나사, 나도 걱정 많이 했었어. 아무 일 없어서 정말 다행이야."

얼마나 바쁘게 뛰어다녔는지, 에피의 양쪽 뺨이 붉게 달아올라 있었다. 작은 발을 총총거리며 누구에게라도 도움을 청하기 위해 이리 뛰고 저리 뛰었을 친구의 모습이 떠올라 라나사는 괜스레 쑥스러워졌다.

"고마워, 에피. 너도 많이 놀랐을 텐데."

"그게 무슨 소리야! 나보다는 네가 훨씬 놀랐겠지! 일 층 바닥에 돌무더기 떨어진 거 보고 얼마나 무서웠다고! 근데 너는 진짜 괜찮은 거야? 정말로 어디 안 다쳤어? 아픈 데는 없고?"

에피가 지금처럼 길게 말하는 걸 본 적이 없었다. 다급한 순간에는 사람이 평소와 다른 모습이 튀어나온다고 하더니, 아주 틀린 말도 아닌가 보다.

"그래도 신전에는 가 보는 게 좋지 않을까요?"

라나사의 무사함을 확인하긴 했지만, 라피트는 후유증을

염려했다. 많이 다쳐 본 사람이 회복에 대해서도 더 잘 아는 법이다. 다행히 지금은 무탈해 보이나, 보다 면밀하게 점검해 보는 것이 좋았다.

"맞다. 라피트 말대로 당장 신전에 가 보자꾸나."

아이작은 이럴 게 아니라며 서둘렀다.

"마침 요즘 절망의 신전이 성행이라고 하니 더 잘 되었다. 이참에 유명한 곳 실력 좀 봐야겠다."

"아, 아니. 저기, 저는 진짜로 안 가 봐도 되는데요."

이미 치료는 완벽하게 끝났다고요!

라나사가 도움을 요청하는 눈빛으로 친구들을 쳐다보았지만, 돌아오는 건 철저한 외면이었다. 그녀가 가고 없는 동안 그들은 대책 회의를 해야 할 판이었다.

결국 라나사는 질질 끌려가다시피 호텔을 나섰다.

"이따가 다시 얘기해!"

물론 문틈을 넘기 직전에 친구들에게 서늘한 경고의 음성을 남기는 것도 잊지 않았다.

2.

"와아! 너희 아까 라나사 말 들었냐? 난 데스가 마족이냐고 물었을 때보다, 드래곤 얘기 꺼냈을 때 완전 식겁했잖아! 라나사 눈치 왜 그렇게 빨라? 우리가 언제 티 낸 적 있었나?"

에이단은 라나사가 마족이란 단어를 입에 담았을 때부터 거의 숨도 못 쉬었다. 본인 정체가 들킨 것도 아닌데, 왜 이렇게 긴장이 되는지 모를 일이었다.

"티를 내도 우리가 냈겠냐? 저치들이 낸 거지."

일라이가 쯧, 혀를 차더니 이어 말했다.

"며칠 전 일 기억 안 나? 카이늄인지 뭔지 들먹이면서 마계에서 나는 광물이라고 으스대던 거. 필요하면 자기가 직접 가져다주겠다고 하는 바람에 분위기 싸해졌었잖아. 눈치 빠른 라나사가 그걸 그냥 지나칠 리가 없지."

역시 마족들은 이래서 안 된다며 일라이가 데스에게 뾰족한 시선을 던졌다.

"이미 들켰는데 잘잘못을 따져봤자 무슨 소용이야. 아니라고 잡아떼도 믿어 줄 분위기도 아닌 것 같으니, 그냥 사실대로 밝히는 수밖에."

내내 서 있던 퀸이 빈 의자에 다리를 꼬고 앉으며 의견을 제시했다.

"그래도 괜찮겠어요, 데스?"

"내가 안 괜찮을 이유는 뭐지?"

데스의 껄렁한 대답에 에이단은 뭔가를 이해했다는 듯 고개를 끄덕였다.

"하긴. 상대가 무려 마족인데, 이런 경우엔 보통 라나사를 염려해야지. 물론 그 녀석 성격에 새삼 충격을 받을 것 같지는 않지만. 그런데 그럼 데스 정체만 밝히는 거야? 라이는? 이참에 같이 확 다 까발릴까? 나중에 또 들통나는 것보다는 그게 더 낫지 않겠어?"

"야! 거기에 나는 왜 끼는데? 난 너희들 말고는 아무에게도 안 들키고 잘 살고 있거든? 설정도 지켜 가면서!"

"또 그놈의 설정 타령이냐?"

"이제 너도 슬슬 적응할 때 되지 않았냐?"

"적응 같은 소리 하네. 내가 네 모범생 가면을 확 다 벗겨 버리고 말 거다!"

"할 수 있으면 어디 해 보시든가!"

"근데요, 데스. 여쭙고 싶은 게 하나 있습니다."

에이단과 일라이가 문제의 설정 때문에 또다시 티격태격할 때, 로건이 물었다.

"리타가 위험에 처한 것은 어떻게 아신 겁니까? 저희도 에피에게 듣고 나서야 알고 후다닥 뛰어 올라온 건데, 함께 있지도 않았던 분이 제일 먼저 도착하신 거, 그거 우연입니까?"

"그런 우연이 있을 리가."

데스가 제법이라는 듯 피식 웃었다.

"리타에게 마력을 심어 놨거든. 무슨 일이 생기면 내가 즉각 알아차릴 수 있도록."

"오! 그런 능력도 있었어요, 데스?"

"별로 특별한 건 아니야."

세상천지 무서울 것 하나 없는 데스가 최근 거의 유일하게 근심하는 게 있다면, 그건 바로 리타의 안위였다. 그녀의 신상에 일이 생긴다는 건, 곧 그의 식생활과 직결되는 문제였기 때문이다.

다행히 지금까지는 아무 일 없이 잘 지내 왔다. 리타가 다소 덤벙거리는 구석은 있어도 오늘과 같은 큰 사고는 처음이었다.

한데 듣자 하니 한 번이 아니란다.

"오늘만 총 세 번의 사고가 있었어."

데스의 음성은 제법 심각했다.

"아침엔 주방에서 펄펄 끓는 물에 몸이 델 뻔했지. 그리고 여기선 몸에 불이 붙었고. 그러다 발코니가 무너져서 추락하기까지 했어. 뭔가 이상하지 않나?"

"그렇게 나열하니, 마치 누군가 리타를 노리고 있다는 말로 들리는데요?"

"에이, 리타는 단순한 하녀야. 뭐 얻을 게 있다고 그랬겠어?"

"우리 모르는 원한이라도 산 건가?"

"리타가? 무슨 그런 말도 안 되는!"

우스운 소리 하지 말라는 듯 에이단이 코웃음을 쳤다.

"이 방이나 난간 근처에서 수상한 흔적을 찾아내진 못했지만, 어떤 놈이 그랬는지 반드시 밝혀내야 해."

"우연히 일어난 사고가 아니라고 단정하시는 겁니까?"

"확실히 수상해. 여긴 땅의 정령인 셰임이 직접 지은 거라고 했어. 그런 거 치고는 너무 쉽게 무너진 것 같지 않아?"

로선의 질문에 답을 한 건 퀸이었다. 그가 테라스 근처로 다가가 미간을 찌푸린 채 주변을 살폈다. 발코니가 뜯겨 나간 자리에 삐죽삐죽한 돌 더미가 불규칙한 모양으로 솟아나 있었다.

"뭔가 이상해."

퀸은 감이 좋은 편이었다. 그는 왠지 작금의 사고가 그저 시작에 불과할 거란 불길한 예감이 들었다.

"바율이 랑트를 떠나자마자 이런 사고가 터졌어. 생각해봐. 리타와 라나사에게 있었던 일, 바율만 있었어도 손쉽게 해결할 수 있는 문제야. 데스가 있었길 망정이지, 하마터면 정말로 초상 치를 뻔했다고."

"…그래서 퀸, 네 말의 요점이 뭔데?"

"그냥 난 왜 하필 지금일까 싶어서. 그게 자꾸 걸리네."

"아우! 그만, 그만! 뒷골 당긴다! 여기서 우리끼리 머리 싸매고 끙끙거리며 생각해 봤자 당장 수가 나오는 것도 아니잖아. 일단은 바율을 기다려 보자고."

"그래, 뭐. 우리가 딱히 지금 당장 할 수 있는 건 없으니까."

"혹시 또 모르니 리타에게 각별히 신경 쓰도록 하자."

"좋은 생각이야."

"그럼 난 다시 온천물에 담그기는 그렇고, 반신욕이나 하러 가야겠다. 여긴 너희들이 알아서 맡아라."

"또 그 불구덩이 속으로 들어가게?"

"온도가 기가 막히거든. 스피넬이 없는 게 조금 아쉽긴 하지만."

레드 드래곤인 일라이에게 용암이 끓고 있는 곳만큼 편안한 장소는 없었다. 뜨끈한 기운 탓에 친구들에게 구경시켜 주지 못하는 게 아쉬울 뿐이다.

"그나저나 리타는 왜 안 깨어나지? 떨어지다 머리라도 부딪친 거 아니야?"

"놀라서 기절한 거라더군."

"알아요. 그래도 이쯤 됐으면 일어날 시간이 지난 것 아닌가요?"

"이참에 푹 쉬라고 마력을 좀 불어넣었거든."

"마력을요?"

"어."

"…정체가 드러날까 봐 그런 건 아니고요?"

"……."

침묵이 뜻하는 바는 하나였다.

"뭡니까? 아까 라나사한텐 마족인 거 걸려도 아무 상관없는 얼굴이더니, 리타에게 들키는 건 겁나나 보죠?"

"사실 이제는 우리의 진짜 정체를 알아도 두려워할 섯 같지는 않아. 하지만 그건 어디까지나 추측이니까, 도박은 하지 말아야지."

불확실한 것에 미래를 걸 수는 없는 노릇이었다.

"거참, 알다가도 모르겠네. 그래서, 그렇게 죽고 못 사시는 분들이 리타가 이 지경인데 다 어디 가셨답니까?"

"……."

데스는 말을 아꼈다. 차마 그들 모두 리타가 시킨 일을 하느라 정신없이 바쁘다고는 대꾸할 수 없었다.

3.

"하, 완전 기가 막히네!"

싱클레어와 앙횔이 처음 만났던 랑트의 외곽 지역이었다. 싱클레어는 잔뜩 흥분해서 뒷짐을 진 채 주변을 배회했다.

이건 생각지도 못한 발견이었다. 아무짝에도 쓸모없는 인간이라 여겼던 소녀에게서 뜻밖의 능력이 발현되었다.

"놈들이 하도 싸고도니까 회복력이 옮기라도 한 건가? 진짜 웃기네."

천족인 그에게 리타가 가진 마족과의 친화력을 느낄 방법이란 없었다. 그래서 생긴 실수였다.

"더 강한 자극이 필요하겠어."

"…어쩌시려는 겁니까?"

앙횔이 무릎을 꿇은 채 두려운 눈빛으로 자신의 주군을 올려다보았다.

"앙횔, 그걸 몰라서 묻는 거야? 마족 놈들이 날뛰어야 드래곤들이 개입할 거라고. 그게 아버지께서 그들에게 주신 명분이잖아. 그 인간 소녀를 살살 건드리면 흥분할 줄 알았는데, 의외로 침착했단 말이지."

본디 그가 알고 있던 마족과는 성질이 매우 달랐다.

그래 봤자 천지 분간 못하고 날뛰는 멍청한 마족일 테지만.

"그럼 이제 내가 어떻게 나가면 될까나?"

수하의 얼굴에 드러난 염려를 전혀 알아보지 못한 채 싱클레어, 아니 인간들에겐 자비의 신이라 불리는 엘레오스가 골몰히 생각에 잠겼다.

Chapter 6.
사라진 리타

1.

"안녕, 애들아."

라나사가 친구들을 다시 찾은 건 꽤 늦은 시각이었다. 신전에 끌려갈 때만 해도 당장 돌아와서 캐물을 듯한 기세였던 그녀가 이제야 그들을 만나러 온 까닭은 아이작의 성화 때문이었다.

너무도 당연한 결과였지만, 라나사의 신체를 점검한 신전의 사제는 그녀의 몸 상태가 지극히 정상이라는 판단을 내렸다.

그에 라나사가 그것 보라며, 자신은 타고나길 강골이니 앞으로도 괜한 걱정하실 필요 없다고 웃으며 말했었다.

하지만 아이작이 어떤 아버지던가.

이십여 년 만에 상봉한 딸에게 잘 보이고 싶다는 이유만으로 마상 시합에서 히포그리프 언데드까지 꺼낸 전적이 있는, 팔불출 아빠였다.

라나사가 아무리 괜찮다고 해도 그는 들어먹지를 않았다. 육체는 멀쩡할지 몰라도 정신적 충격이 있을 수 있다며, 당최 그녀를 놓아줄 생각을 하지 않았다.

발코니가 부서진 위험한 곳에 혼자 둘 수 없다면서 라나사의 방을 극구 그들의 옆방으로 옮긴 것으로도 모자라, 당분간 그 앞을 칠흑의 기사단에게 지키라고까지 명했다.

아이작은 만월 기사단이기 전에 세이모어가의 사람이었고, 라나사 역시 가문의 귀한 직계 여식이었다. 칠흑의 기사단은 기꺼이 라나사를 보호하는 데 단원들을 투입했다.

거기서 끝이 아니었다.

아이작은 라나사가 '안정을 취할 때'까지 클로에와 함께 구태여 딸의 방에 머물렀다. 여기서 안정을 취한다는 건, 라나사가 잠이 들어야 한다는 뜻이었다.

어떤 말로도 아이작을 회유하기 어려웠던 라나사는 결국 최후의 수단으로 잠든 척을 하는 수밖에 없었다.

그러고도 두 분이 바로 가지 않아 같은 자세로 오래 있었던 통에 온몸이 쑤실 지경이었다.

친구들은 모르겠지만, 그녀가 그들의 숙소를 방문하기까지에는 그런 지난한 여정이 깔려 있었다.

"기사님께선 여기서 기다려 주세요."

라나사는 문을 닫기 전 칠흑의 기사단원에게 양해를 구했다.

"낮의 일 때문에."

웬 호위냐는 듯 저를 쳐다보는 친구들에게 그녀는 어깨를 으쓱이며 걸어왔다.

"너희도 나 기다리고 있었나 보지?"

같이 방을 쓰는 싱클레어만 제외하고, 에이단과 일라이, 그리고 퀸과 로건이 늦은 시각에도 모여 있었다.

"그럼 우리 아까 하던 이야기나 마저 해 볼까?"

라나사는 알아서 빈자리를 찾아 앉았다.

분화구에서 막 기분 좋게 반신욕을 마치고 돌아온 일라이는 이게 아직도 해결이 안 된 거냐며 친구들에게 눈짓으로 물었지만, 그에 대꾸하는 이는 한 명도 없었다.

어디서부터 어디까지, 무엇을 어떤 식으로 얘기해야 할지 다들 머릿속이 뒤죽박죽이었던 탓이다.

마치 그런 속사정을 꿰뚫고 있기라도 한 양, 라나사가 먼저 운을 뗐다.

"퀸, 아까는 내가 좀 혼란스러워서 미처 말을 못 했어

팔 치료해 준 거, 정말 고마워. 이번에 신세 진 건 꼭 갚을
게."

"신세라고 느낄 필요 없어. 내가 할 수 있는 일을 한 것
뿐이니까."

아무나 할 수 없는 엄청난 일을 하고서도 참으로 퀸다운
대답이었다.

"그래. 나도 너처럼 다음에 내가 할 수 있는 일로 보답할
게. 그때가 되면 거절하지 말고 받아 줘."

라나사의 진심이 통한 듯 퀸은 알겠다는 듯 고개를 끄덕
이는 것으로 답을 대신했다.

"순식간에 상처를 낫게 하는 힘. 생각하면 생각할수록
정말 대단한 능력 같아. 혹시 리타도 너와 같은 이능을 지
닌 건가?"

드디어 올 것이 왔다. 퀸은 잠시 뜸을 들이다가 어쩔 수
없이 입을 열었다.

"리타는…… 나와는 좀 달라."

"어떻게 다른 건데? 혹시 남의 상처는 치료하지 못하고,
자가 치료만 가능한 거야?"

"아니, 그렇진 않아. 리타나 나나, 본인 혹은 남의 몸에
난 상처를 치유할 수 있는 건 똑같아. 단지 방식에 차이가
좀 있을 뿐."

퀸은 낮에 라나사가 보았던 대로 타인의 부상을 자신에게로 가져와서 낫게 하는 것이 본인의 치료 방법임을 설명했다.

"그럼 퀸, 너……!"

뒤에 생략된 말은 듣지 않아도 충분히 짐작이 갔다. 부상이 옮겨 가는데 그에 따른 고통이 없다는 건 말이 되지 않았다.

라나사의 얼굴에서 고마운 기색이 사라지더니, 그 자리를 미안함이 차지했다. 아까는 미처 경황이 없어 깊게 생각하지 못했다. 아무리 치료를 위해서라고는 하나, 지독했던 통증을 떠올려 보니 마음이 편치 않았다.

"그런 표정 지을 것 없어. 그 정도는 내게 쉬운 일이야."

그녀를 치료한 건 누가 시켜서가 아닌, 자의에 의한 결정이었다.

퀸은 특유의 무감한 말투로 이어질 라나사의 말을 잘랐다. 더 이상의 오그라드는 감사 인사는 사절이었다.

"리타는 말이지. 지난번 아카데미에 몬스터가 난입했을 때를 떠올리면 쉽게 수긍이 갈 거야."

화제를 돌리고 싶은 퀸의 낌새를 느낀 듯, 에이단이 끼어들었다.

"절망의 신전에 환자들이 바글바글했던 거 기억나지? 손이 부족해서 자원봉사자들까지 동원되었었잖아."

"알아. 근데, 그게 지금 무슨 상관인데?"

"상관이 있으니까 내가 말을 꺼냈겠지? 일단 계속 들어봐."

에이단은 '너도 그 급한 성질 좀 고쳐야겠다'고 낮게 구시렁거리더니 마저 말했다.

"몬스터 침입은 아카데미 개교 이래로 처음 벌어진, 유례없는 일이었어. 규모도 엄청났지. 피해자도 중상부터 경상까지 다양했고. 하지만 당시 놀랍게도 단 한 명의 사망자도 나오지 않았어."

"절망의 신전에 신탁이 내린 후로 사제님들께서 놀라운 신성력을 선보이신 덕분이잖아. 신전의 위상이 요즘처럼 높아진 이유 또한 그것 때문이지 않나?"

"제대로 알고는 있네. 딱 하나만 빼면."

"…하나만 빼면?"

"사제님들이 아니야."

에이단은 한 박자 쉬었다가 말을 이었다.

"전부 리타 덕이지."

"…좀 알아듣기 쉽게 설명해 줄 수 없겠니?"

라나사의 인상이 찌푸려졌다. 이해력이라면 어디 가서 빠지는 편이 결코 아니거늘, 이번만큼은 감도 잡기 힘들었다.

"사람들에게 알려진 기적의 치료술이라는 건, 사제님들이 하신 일이 아니라 리타가 그런 거라고. 봉사 활동 중 다친 환자들을 보며 기도를 한 덕에 다들 빠르게 낫게 된 거야."

"그걸…… 리타가 한 거라고? 사제도 아닌데?"

"상처가 저절로 아무는 거 너도 봤다면서."

"그건 그렇지만…… 그런 게 성수고 뭐고 아무것도 없이, 온전히 기도만으로 가능한 거야?"

"가능하니까 기적이 일어난 거겠지? 아무튼, 그래서 절망의 신전 측에선 리타를 성녀라고 여기고 있어. 물론 바율이 리타가 알아서는 절대 안 된다고 엄포를 놓았기 때문에 섣불리 나서진 못하고 있지. 솔직히, 평범한 사람이 감당하기에 예사로운 일은 아니잖아?"

성녀가 된다는 건 이제까지와는 전혀 다른 삶을 살아야 한다는 걸 뜻했다. 바율 입장에선 리타가 그런 고행의 길을 걷길 바라진 않을 터였다.

"근데, 리타에겐 어쩌다 그런 능력이 생긴 거지? 해밀턴은 전쟁의 신을 믿는다고 들었는데. 설마 절망의 신에게 간택이라도 된 거야?"

대체 어쩌다가?

종교계에 대해 빠삭하진 않지만, 그래도 상식 정도는 알고 있었다. 사제나 성기사, 나아가 성녀가 된다는 것은 신의 축복을 받아야만 했다.

"간택이라기보다…… 섬김을 받고 있지."

"충성심이라고 하기엔 또 상대의 신분이 신분인지라……."

"무조건적인 신념이라고 해야 할까?"

"그래, 신념이 가장 나은 것 같다."

너희 지금 뭐라는 거니?

녀석들이 말한 것들은 모두 신자의 처지에서나 할 수 있는 말이었다. 신이 신도를 섬긴다는 건 정말이지 말도 안 되는 일이었고, 충성심이나 신념 역시 신도가 가져야 할 덕목이었다.

라나사의 어이없는 눈길을 봤는지 어쨌는지, 친구들의 말은 계속되었다.

"마족 길들이는 거, 생각보다 별거 아니더라. 리타처럼 기막힌 요리 실력만 있으면 마계 정복하는 건 일도 아닐걸?"

"인간의 요리를 한번 맛보더니 마계 음식은 도저히 못 먹겠다고 하더군. 고기가 너무 질기고 냄새가 난다고 했던가."

"절망의 신이라는 작자가 한낱 요리에 빠져서 아주 가관도 그런 가관이 없어요. 처음엔 수하를 데려와서 요리를 배우게 하더니만, 결국 마황까지 끌어들였잖아. 진짜 지랄도 풍년이라니까."

마족 놈들 얘기를 하자 반신욕으로 좋아졌던 일라이의 기분이 다시금 하향 곡선을 타기 시작했다.

"리타의 무시무시한 치유 능력은 데스의 총애에서 비롯된 거라고 보면 돼. 그 총애가 바로 친화력으로 도출된 거지."

"리타가 한 요리를 먹기 위해서라면 죽는시늉까지 할걸? 마계의 내로라하는 대마족들이 인간 수녀의 말 한마디에 천국과 지옥을 왔다 갔다 하는 거, 좀 많이 웃기지 않냐?"

"다 알면서도 가끔 한 번씩 미치게 웃긴다니까?"

시시껄렁한 농담이라도 주고받듯 가볍게 털어놓는 친구들의 대화에 라나사는 한동안 석상처럼 굳은 채 눈만 깜박였다.

녀석들의 말로 유추할 수 있는 바는 한 가지뿐이었기 때문이다.

"라나사, 갑자기 왜 말이 없어?"

"마족이냐고 대놓고 물어볼 때는 언제고, 뒤늦게 놀라기라도 한 거냐?"

"순서가 좀 뒤바뀐 거 같은데?"

"라나사, 많이 놀란 거면 우선 심호흡부터 해. 여태 옆에서 함께하던 사람이 사실은 마족이라는데, 도리어 당황하지 않는 게 이상하지. 근데 나쁜 자들도 아니거니와, 그들 정체는 바율과 공작 전하께서도 다 알고 계시는 일이야. 모르는 건 리타가 유일해."

로건의 침착한 설명에도 불구하고 라나사의 낯빛은 하얗게 질려서 좀처럼 돌아올 기미가 보이지 않았다.

그러던 그녀가 더듬더듬 말문을 뗐다.

"난…… 나는 그냥…… 그냥 한 말이었어. 뭔가 좀 행동이 이상하길래…… 마계라는 단어를 거론했던 것도 그렇고…… 근데 진짜라고? 그 데스라는 분이 정말로…… 마족이란 말이야?"

"어. 절망의 신, 데스페라티오. 마계 총사령관이야."

"하아……."

라나사는 그제야 비로소 해밀턴으로 오던 기차 안에서 목격했던 만월 기사단의 미묘한 태도가 납득이 되었다.

기사단도 아는 것이다.

그들의 진짜 정체를.

"하지만 아버지는 전혀 모르시는 것 같았는데……."

"그건 어쩌면 근래 큰일을 겪으신 것에 대한 공작 전하의 배려가 아니었을까? 워낙 음지에만 계셨던 분이기도 하고 말이야."

"일리 있네. 만월 기사단 전체가 다 알지는 못할 거야. 수가 좀 많아야지."

항시 해밀턴에 주둔하는 기사와, 공작을 보좌하고 호위하는 자들, 황도와 데나리드 왕국에 파병한 군사와 비밀 업무를 수행 중인 이들까지 다 합치면 그야말로 엄청난 규모였다.

"어떻게 이런 일이……."

라나사는 망연히 중얼거렸다.

인간계에 마족이 나타났다. 심지어 하나도 아니고 무려 다섯이다. 그걸 리타만 모르고 다들 알고 있었단다.

유독 그녀에게만 등신처럼 굴던 마족 형제의 모습을 떠올리자 라나사는 순간 웃어야 할지 울어야 할지 감이 오질 않았다.

"그런데 조금 전에 말인데……."

리나사는 흔들리는 시선으로 친구들을 훑었다.

"마황이라고…… 했던 거 맞아?"

"응, 크리스 씨."

"뭐? 크, 크리스 씨……?"

그 리타가 하얀 아저씨라고 부르는 사람?

"실제 이름은 크루델리스. 냉혹의 신이래."

"또…… 더는 없어?"

라나사는 애써 침착함을 유지하려 했지만, 그건 그리 쉬운 일이 아니었다. 그냥 마족도 겁이 날 판에, 무려 마황이라니. 그리고 보니 데스는 마계 총사령관이라고 했었다.

정녕 바율 곁에 평범한 이들은 없는 것인가?

"놀라는 건 오늘 하루로 끝내고 싶거든. 바보 만들지 말고 전부 얘기해 줘."

"…없어. 그게 다야."

에이단이 슬쩍 일라이를 곁눈질했지만, 다행히 라나사는 눈치채지 못한 듯했다. 사실 말과 달리 그녀는 마족의 존재를 받아들이기에도 벅찬 상태였다.

"어? 여기 다들 모여 있었어?"

그때 숙소의 문이 열리며 머리를 채 말리지 못한 싱클레어가 등장했다.

"싱클레어! 이렇게 늦은 시각까지 온천탕에 있었던 거야?"

"응. 오늘 달빛이 너무 예쁘더라고."

"그래?"

달빛 얘기에 친구들의 고개가 무의식중에 다 같이 창밖으로 향했다.

"정말이네. 곧 만월이겠다."

"달빛이 저리 고운 걸 보면 내일 틀림없이 좋은 일이 생길 거 같지 않아?"

"바율이 돌아왔으면 좋겠다."

오늘 아침에 떠난 바율이지만, 심난한 일을 겪어선지 벌써부터 보고 싶었다.

"혹시 모르잖아. 내일 식이 끝나는 대로 올지도."

수건으로 머리칼의 물기를 털어 내는 싱클레어의 눈빛은 진실로 내일을 고대하듯 반짝이고 있었다.

2.

"저기요, 이제 그만 좀 따라오시죠?"

아침부터 내내 참고 또 참았던 리타의 인내심이 결국 폭발했다. 그녀가 눈머리에 힘을 팍 주고 돌아보자 크루델리스가 멈칫하더니 헛기침을 내뱉었다.

"크흠!"

"어제는 그냥 좀 이상한 날이었다고 제가 몇 번을 말해요. 가끔 그럴 때 있잖아요. 뭘 해도 잘 안 풀리고, 안 좋은 일만 자꾸 터지는 운수 더럽게 없는 날. 전부 우연히 일어난 사고였다고요!"

리타는 정말이지 너무나 답답했다. 아무리 자신이 어제 큰일을 당할 뻔했다고는 하나, 그게 이렇게까지 유난을 떨 일인가 싶었다.

심지어 어느 한 군데 다친 곳도 없질 않은가.

가뜩이나 해야 할 일이 산더미인데, 가는 곳마다 바짝 붙어서 쫓아다니니 여간 신경 쓰이는 게 아니었다.

"오늘도 그런 우연이 벌어지지 않으리라는 법은 없으니까."

"하얀 아저씨도 보셨겠지만, 어디 그런 순간이 있었던가요?"

"……."

"그거 봐요. 대답 못 하겠죠? 전 정말로 괜찮으니 제발 좀 돌아가세요. 저 엄청 바쁜 몸이라고요!"

바율은 리타에게 랑트에서만큼은 아무것도 하지 말고 실컷 놀라고 했지만, 자고로 노는 것도 놀아 본 사람이 잘 노는 법이었다.

살면서 딱히 쉬어 본 적이 없는 리타는 누가 시키지도 않았는데 팔레즈 호텔의 일을 거들고 나섰다. 주방에서부터 침구 청소, 손님 응대까지. 전천후 능력을 선보인 덕에 직원들 사이선 공공연하게 매니저라 불리고 있었다.

"넌 네 할 일 해. 난 뒤에서 방해 안 하고 조용히 있을 게."

"하얀 아저씨는 존재 자체가 방해인 거 몰라요?"

"…내가?"

"하얀 아저씨만 나타나면 다른 직원들이 슬슬 피한다고 요. 범접할 수 없는 스산한 느낌이 든다나 뭐라나. 잘생겼 다고 숙덕거리는 취향 특이한 사람들도 있는 거 같긴 하지 만, 아무튼! 덕분에 두서 명이 붙어서 해야 할 일을 저 혼자 하게 생겼어요. 이런 제 처지를 알기나 하세요?"

"그랬어?"

"네, 그러니까 방해 그만하시고 ……."

"까짓 내가 하지."

"…뭐라고요?"

리타가 얼굴 가득 인상을 쓴 채, 자신의 말을 툭 잘라먹 은 크루델리스를 노려보았다.

"내가 도와주겠다고. 그럼 해결된 거지?"

"제 말 제대로 이해한 거 맞아요? 하얀 아저씨가 객실 정리를 하겠다고요? 그 허옇고 가는 손가락으로?"

"내가 안 해서 그렇지, 하면 뭐든 잘해."

다섯 형제 중에서도 그는 바율의 가정교사라는 이유로 노동에서 제외되는 편이었다. 그의 동생들이 워낙에 뭐든 잘하기에 리타도 여태 마황에게만큼은 특혜 아닌 특혜를 주고 있었다.

하지만 하나를 보면 열을 안다고, 그는 동생들과 달리 그다지 뭘 잘 해낼 것 같지는 않았다.

"그냥 솔직히 말씀해 보세요."

"응?"

"지금 시위하는 거죠?"

"시위?"

"며칠째 빵 조각만 드시고 있잖아요. 그거 그만하게 해 달라고 수 쓰는 거죠?"

"헐, 아닌데."

마황 입장에선 그야말로 억울한 오해였다. 어제 데스에게 리타가 발코니에서 떨어졌다는 애기를 전해 듣고 얼마나 놀랐던가. 데스가 늦지 않게 도착한 덕에 별일 없이 지나간 거지, 리타는 정녕 목숨을 잃을 뻔했다.

그녀가 세상에서 사라지는 것.

그건 상상만으로도 너무나 끔찍한 일이었다. 비록 지금은 빵이나 뜯으며 생을 연명하고 있지만, 곧 좋은 날이 다시 올 거라는 걸 크루델리스는 믿고 있었다.

"아니긴 뭐가 아니에요! 저 귀찮게 해서 면피하려고 이러시는 거잖아요."

"내 진심이 그런 식으로 왜곡되다니…… 대단히 놀랍군."

리타에게 말을 안 해서 그렇지, 다섯 마족은 어제의 일에 대해 진지하게 논의한 끝에 한 명씩 돌아가며 리타를 전담 호위하기로 결정했다. 비교적 한가한 마황에게 그 임무가 첫 번째로 주어진 것이다.

"놀랐다는 분 표정이 퍽 평온하시네요."

허여멀건 피부에 유난히 빨간 입술을 보고 있노라니 리타는 돌연 으스스 오한이 들었다. 이상하게 가끔 그를 보는 것만으로도 이처럼 싸늘한 느낌이 들 때가 있었다.

"어쨌든 이제 다른 요리들도 드셔도 돼요. 뵈 드릴게요."

"…뭐? 그게 신짜야?"

"대신 저 그만 따라오기예요."

"그건 좀 곤란한데……."

화색이 돌던 마황의 얼굴에 금세 불만이 서렸다.

"하얀 아저씨 마음은 감사히 받을게요. 어찌 되었든 제가 조금은 걱정이 된다는 거잖아요."

"좀이 아니라니까? 난 태어나서 이렇게까지 누굴 걱정해 본 적이 없어! 특히나 인간을!"

"네, 네. 그러시겠죠."

리타는 이쯤에서 쐐기를 박기로 했다.

"저 계속 따라다니면서 빵을 드시겠어요, 아니면 여기서 그만 물러나고 근사한 저녁을 드시겠어요. 하얀 아저씨가 택하세요."

"근사한…… 저녁?"

그냥 저녁도 아니고 앞에 무려 '근사한'이란 수식어가 붙었다. 마황의 백색 눈동자가 줏대 없이 흔들리는 순간이었다.

"오랜만에 제대로 실력 발휘 좀 해 볼까 하는데, 순순히 협조하시는 게 좋을걸요?"

"…그러다 무슨 일 생기면?"

"안 생긴다고요. 오늘은 어제처럼 발코니 같은 데 나가지도 않을 거고요."

"그래도 불안한데……."

"그래서 계속 빵만 드시겠다고요?"

"아니, 뭐 꼭 그러겠다는 건 아닌데……."

"온종일 실내에만 박혀 있을 테니 안심하세요! 저 진짜 위험한 상황 같은 거 안 만들게요."

"흐음, 좋아. 알겠어."

누가 보면 아주 중대한 결심이라도 하듯 크루델리스가 장고 끝에 결국 고개를 끄덕였다. 어제의 사고에 석연치 않은 점이 있긴 해도, 그가 직접 살펴봤을 때 딱히 문제점을 발견하지 못한 것도 사실이었다.

며칠을 빵 쪼가리만 계속 먹은 탓에 입에서 밀가루 냄새가 날 지경이었다. 언제 또 이런 기회가 올지 모른다.

설마 무슨 일 있겠어?

마황은 그런 안일한 생각과 함께 리타를 놓아주었다. 어차피 내일이면 부하 놈들이 다시 붙을 테니, 오늘만 봐주기로 했다.

"어휴! 겨우, 떼어 놓았네!"

멀어지는 마황의 뒷모습을 보며 리타는 지친 한숨을 푹 내쉬었다.

"가만 보면 고단수라니까."

끝까지 마황이 자신을 진심으로 걱정했다고는 전혀 생각하지 못한 채, 리타는 피식 웃으며 돌아섰다.

"그나저나 오늘 저녁 메뉴를 뭐로 할까나?"

어떤 이유에서든, 일단 한번 약속을 했으니 지키는 것이 도리였다. 리타는 머릿속으로 온갖 종류의 고기 요리를 떠올리며 라나사가 옮겼다는 호실을 찾아 빠르게 걸었다.

"어? 안녕하세요!"

그러다 어제 사고가 나기 전 잠깐 봤었던 라나사의 친구를 복도에서 마주쳤다. 리타가 인사하자 에피가 반갑게 웃으며 다가왔다.

"그러잖아도 괜찮은지 궁금했었는데, 멀쩡해서 다행이다! 라나사도 그렇고, 둘 다 행운의 여신이 축복을 내려 주신 게 틀림없어!"

에피는 발코니가 무너지는 아찔한 참사를 겪고서도 생채기 하나 남지 않은 둘이 진심으로 신기한 한편, 다행이라고 여겼다.

"다 라나사 아가씨 덕분이죠. 저는 기절하는 바람에 잘 생각도 나지 않는걸요."

"라나사가 그러던데, 차라리 그게 다행이래. 무서움에 버둥거렸으면 외려 더 위험했을 거라고 하더라."

"맞아요. 안 그래도 저 고소 공포증 있거든요. 라나사 아가씨 덕분에 무탈하게 넘겼으니 감사 인사드리러 가려고요. 어제는 미처 경황이 없어서 찾아뵐질 못했네요."

데스가 불어넣은 마력 탓에 잠을 푹 자긴 했지만, 리타는 깨어나자마자 해야 할 일이 있었다. 바로 놀란 마족들을 진정시키는 것이었다.

특히 바르가 덩칫값도 못 하고 울먹거리는 바람에 꽤 당혹스러웠다.

"어머나, 어쩌지? 조금 전까지 나랑 있다가 수련한다고 연무장에 갔거든. 저녁 먹을 때쯤 온다고 했는데."

"아, 그래요?"

리타는 연무장으로 직접 찾아갈까 잠시 고민하다가 이내 마음을 접었다. 이왕 근사한 저녁 식사를 약속한 겸, 라나 사에게도 대접하면 좋을 것 같았기 때문이다. 감사 인사는 그때 해도 무방하리라.

"하는 수 없네요. 이따가 인사드리는 수밖에."

"어, 저기…… 혹시 그럼 지금 시간 좀 있을까?"

"시간이요?"

"응, 사실 리타에게 도움을 청하려던 참이었거든. 아, 리타라고 불러도 되지?"

"네, 그럼요. 그게 제 이름인걸요."

상대는 귀족가의 여식이었다. 리타 입장에선 이처럼 친근하게 말을 걸어 주는 것 자체가 고마운 일이었다.

"근데 제가 아가씨를 어떻게 도와 드리죠?"

전담 시녀를 데려오지 않으신 건가?

리타는 의아했지만, 어떤 사정이 있을지도 모르기에 자세히 묻지는 않았다.

"필요하시면 제가 직원을 불러다 드릴게요."

"그게…… 직원보다는 리타가 봐 줬으면 해서……."

"제가 뭘 봐야 하나요?"

무슨 까닭인지 에피의 얼굴이 점점 빨갛게 변했다.

"내가 뭔가를 만들었는데…… 그게 마음에 들지……, 이

떨지…… 모르겠어서…….”

에피는 급기야 리타와 시선도 맞추지 못하고 고개를 푹 숙였다.

“아…….”

그 순간 리타는 퍼뜩 한 가지 생각이 떠올랐다. 랑트에 처음 도착한 날, 저녁 식사 자리에서 화제의 대상이 되었던 바율 도련님의 데이트 상대!

비록 도련님께 일정이 있어 데이트가 성사되지는 못했지만, 케이크를 먹으러 가자던 그녀의 용기 어린 고백에 리타는 같은 여인으로서 내심 속으로 손뼉을 쳤다.

무엇인지는 모르겠지만, 필시 도련님을 위해 뭔가를 만들고 그에 대한 조언을 구하는 것이리라.

“네! 제가 도와 드릴게요!”

사람의 진심을 함부로 여겨선 안 된다고 배웠다. 리타는 반색하며 고개를 드는 에피를 향해 환하게 미소 지으며 어서 가자고 재촉했다.

3.

마황은 휘파람을 불며 룸으로 들어섰다. 팔레즈 호텔의

레스토랑은 널찍한 홀 외에도, 조용한 것을 선호하는 손님들을 위한 개인 룸도 따로 마련되어 있었다. 개중 바율과 친구들이 주로 이용하는 곳은 복도의 맨 마지막에 자리한 가장 넓은 방이었다.

"무슨 좋은 일 있으세요?"

친구들과 함께 먼저 와 있던 에이단은 낯선 그의 모습에 신기함을 느꼈다. 평소에 잘 웃기는 해도 이처럼 흥얼거렸던 적은 없었다.

"당연히 있지. 내가 여기 온 거 보면 모르겠어?"

마황은 화사하게 웃으며 냅킨을 펼쳐 가지런히 무릎 위에 얹었다.

"어차피 빵 쪼가리만 먹을 텐데, 그렇게 신날 필요가 있나?"

의자에 비스듬히 기대 앉아 있던 일라이가 이죽거리자, 안 그래도 한창 짜증을 참고 있던 데스의 눈초리가 까끄름하게 올라갔다. 그 별거 아닌 행위에 일라이의 옆에 있던 라나사는 긴장했다.

상대의 정체를 모를 때는 그냥 성격이 더럽거니 했었는데, 이제는 그럴 수가 없었다. 겉으로는 침착한 척 내색하지 않았지만, 속으론 온갖 망상을 하고 있었다.

마족과의 식사라니.

아직 그녀에겐 적응할 시간이 필요했다.

"저런! 소식이 늦군."

마황은 진정하라는 듯 여유로운 태도로 동생의 어깨를 툭툭 내리쳤다.

"우리 이제 고기 먹어도 돼. 그러니 화낼 것 없어."

"갑자기 뭔 소리야?"

"리타가 그러라고 허락했어. 심지어 기념으로 근사한 저녁을 차려 주기로 했지."

마황은 일부러 '근사한'에 힘을 주고 말했다.

"그게 정말이야? 리타가 그러래?"

데스의 눈이 휘둥그레지는 것을 보며 크루델리스가 가슴을 한껏 내민 채 으스댔다.

"이게 다 이 형님 덕분인 줄 알거라. 모처럼 즐거운 저녁 시간이 되겠군."

마황은 벌써부터 입안에 침이 고였다. 하지만 그 즐거움은 시작도 전에 바로 산산조각이 났다.

"형님!"

별안간 룸의 문이 열리며 바르와 아고스, 아몬이 뛰어 들어왔다.

"스승님이 안 보입니다! 아무리 찾아도 없습니다!"

"무슨 소리야, 그게? 리타가 왜 없어?"

"아까 낮부터 안 보이셨어요."

"낮부터? 근데 그걸 왜 이제 말해?"

"그거야…… 오늘 담당은……."

바르를 위시한 세 마족의 시선이 마황에게로 쏠렸다. 그때까지만 해도 웃는 낯이던 크루델리스가 즉시 표정을 거두며 주변을 훑었다. 그리고 그건 데스 역시 마찬가지였다.

형제의 얼굴은 약속이라도 한 듯 딱딱하게 굳었다. 아닌 게 아니라 리타의 숨결이 어디에서도 느껴지지 않았기 때문이다.

하늘로 솟았는지, 땅으로 꺼졌는지 한순간에 리타가 자취를 감추었다.

"왜들 그러세요? 리타가 없다니요? 리타가 어딜 갔는데요?"

웬만해서는 당황하는 법이 없는 마족들이었다. 쪼르르 달려와 보고하는 바르와 아몬, 아고스도 이상하지만, 순식간에 표정이 변한 마황과 데스가 그들을 더 불안하게 했다.

"전혀 감지가 안 돼. 넌?"

마황의 물음에 데스가 심각한 낯빛으로 고개를 가로저었다.

그가 리타에게 심어 놓은 마력은 위급 시에만 발동한다는 제한이 걸려 있었다. 그렇다는 건, 리타가 사라지긴 했어도 아직 생명에 지장은 없다는 뜻이었다.

"바르, 샅샅이 뒤져 본 거 맞아?"

"네! 호텔 내부는 물론 인근까지 전부 수색했지만, 그 어디에도 스승님의 흔적이 없었습니다."

바르가 찾지 못했다면 지금으로선 마황과 데스도 방도가 없었다. 숨겨진 무언가를 찾아내는 능력은 바르가 으뜸이었기 때문이다.

"이 지경이 되도록 대체 뭘 한 거야? 리타에게서 떨어지지 말라던 내 말 귓등으로 들었어? 겨우 인간 하나도 제대로 지키지 못하면 어쩌자는 건데?"

데스가 입바람으로 앞머리를 휘날리며 자리에서 벌떡 일어났다.

그는 작금의 상황을 믿을 수가 없었다. 대마족이 버젓이 다섯이나 있는데, 고작 인간 한 명을 보호하지 못했다.

"핫! 이게 말이 되나? 어떻게 이런 일이 벌어지지?"

황당하고 어이없던 감정이 이제 슬슬 분노로 바뀌기 시작했다. 감히 어떤 자식이 리타를 건드린 것일까. 누구든 걸리기만 하면 반드시 목줄을 따 주리라 다짐했다.

"이봐, 당신들끼리 얘기 다 했으면 그만 우리한테도 알아들게 설명 좀 해 주지?"

일라이의 삐딱한 말투 탓일까. 없는 사람 취급할 때는 언제고 마족들의 시선이 일제히 녀석에게로 향했다.

이전에는 결코 본 적 없는 싸늘한 그들의 눈빛에 순간 가슴이 덜컥했지만, 일라이는 애써 티 내지 않고 턱을 빳빳이 들었다.

"혹시 리타가 사라진 겁니까?"

그때 조용히 있던 로건이 진중하게 물었다. 그에 아몬이 근심에 젖은 목소리로 대답했다.

"…아무래도 그런 것 같습니다."

친구들의 눈길이 허공에서 부딪쳤다. 예삿일이 아님을 본능적으로 알아챈 것이다.

리타는 바로 어제, 괴이한 사고를 연이어 세 번이나 당했다. 거기에 오늘은 아예 종적을 감추었다.

대관절 이 사태를 어떻게 해석해야 한단 말인가?

하필이면 바율이 없는 이때, 왜 자꾸 이런 불상사가 벌어지는지. 모두는 혼란에 빠졌다.

"참, 데스! 리타에게 마력을 심어 놨다고 했잖아요. 그걸로 찾으면 되는 거 아니에요?"

입술을 잘근거리며 머리를 굴려 보던 에이단은 퍼뜩 떠오른 생각에 마치 비명처럼 외쳤다.

"그건 리타에게 위험한 상황이 닥쳤을 때만 발동해. 아무 때나 내 기운을 뿌려 댔다간 귀찮은 것들이 꼬일 수가 있어서."

"…그래요?"

"그건 다시 말하면, 리타가 아직 안전하다는 뜻이기도 하겠군요."

갑작스레 리타가 사라졌다는 말에 라나사는 어제의 일을 곰곰이 되짚어 보던 중이었다. 그녀가 반색하며 한마디 하자, 데스가 기대 말라는 듯 대꾸했다.

"그 안전이 언제 끝날지 모르지."

"그땐 당신…… 아니, 데스 경이 나서면 되는 것 아닌가요? 리타가 위험해지면 바로 알 수 있다면서요."

"훗, 하나만 알고 둘은 모르는군."

자조 섞인 데스의 미소를 보고 있으려니 라사나는 어쩐지 불길한 기분이 들었다.

"우리도 모르게 리타를 빼 간 놈이야. 리타의 목숨 같은 건 단박에 취할 수 있는 상대란 얘기지. 물론 위치가 드러나는 순간 놈도 내 손에 죽게 되겠지만."

"그건, 마력을 심어 두었다고 해서 리타의 생사를 장담하긴 어렵다는 말입니까?"

퀸의 질문에 데스는 긍정도 부정도 하지 않았다.

그의 말처럼 마족들의 눈을 피해 리타를 데려간 자였다. 적어도 평범한 인간은 아닐 것이다. 혹은 '인간' 자체가 아니거나.

"누군지 짐작도 안 가세요?"

"모든 사건에는 동기라는 게 있어. 리타를 납치해서 원하는 걸 얻어 낼 만한 누군가가 있다는 말이야. 너희들, 뭐 아는 거 없어?"

라나사는 이제 막 일행의 비밀을 알아 가는 처지였다. 당연히 리타에 대한 정보도 친구들보다 상대적으로 부족할 수밖에 없다.

리타는 하녀이기도 하지만, 동시에 엄청난 치료 능력을 갖춘 성녀였다. 설마 그걸 알고 접근해서 유괴한 것은 아닐까?

이 정도가 그나마 라나사가 할 수 있는 최선의 추론이었다.

"동기는 모르겠지만, 용의자라면 세 부류로 추릴 수 있지."

"세 부류? 그게 누군데?"

"댁들도 짐작은 하고 있지?"

일라이의 잘생긴 얼굴에 희미한 조소가 피었다.

"마족과 천족, 그리고…… 드래곤. 이들이 아니라면 이런 짓을 할 리도, 할 수도 없겠지."

무려 마족을 눈앞에 두고 벌인 일이었다. 최소한 그에 대등한 깜냥은 있어야 할 터, 그들이 아니라면 불가능했다.

"그럼 천족 짓이겠네."

"에이단, 너무 단정하는 거 아니야?"

"그간 천족이 한 짓거리를 생각해 봐! 아카데미에 지진을 일으키고, 몬스터까지 불러들였어. 여태 나쁜 짓은 그놈들이 다 했다고!"

몬스터 난입 사건 이후로 잠잠하긴 했으나, 에이단의 말처럼 천족은 셋 중 가장 유력한 후보였다.

"게다가 마황이 여기 있는데, 어떤 미친 마족이 리타를 건드리겠냐?"

"나쁜 짓이라면 드래곤 쪽도 만만치 않을 텐데?"

일라이가 비소를 지으며 지적하자 에이단이 손가락으로 그를 가리키며 반박했다.

"야, 진짜 드래곤이 나타났으면 리타가 아니라 너부터 데려…… 갔겠지."

뒤의 말은 에이단 본인만 들을 수 있을 만큼 아주 작았다. 이 자리에 라나사도 있다는 걸 자각한 것이다. 물론 들었다고 해도 그녀가 바로 눈치채진 못했겠지만, 어찌 되었든 일라이에게 한 번 지적받은 이상 조심하는 편이 좋았다.

"에이단, 방금 한 말 진짜야? 아카데미에 있었던 일들이, 전부 천족이 벌인 짓이라고?"

생각지도 못했던 사실에 라나사는 그야말로 깜짝 놀랐다. 전부 우연히 벌어진 사고라고만 알고 있었는데, 느닷없이 천족이 웬 말인가 싶었다.

"자세한 건 바율이 돌아오면 물어봐. 정령계가 멸망한 것도 천족과 깊은 관련이 있다고 했었어."

정령과 연관이 있다고?

"…그럼 리타를 데려간 이유가 바율 때문일 수도 있겠네?"

"뭐?"

라나사의 추리에 에이단은 아연한 표정을 지었다.

"리타를 친동생처럼 여기는 바율이야. 적을 자극하기 위해서 가족에게 손을 대는 것보다 더 좋은 방법이 있을까?"

"그래! 라나사 네 말이 맞는 것 같아! 왜 이걸 진작 생각하지 못했지?"

에이단은 제 손으로 자신의 이마를 내리쳤다.

"어제 사고들도 영 찜찜했잖아. 천족이 무슨 꿍꿍이인지는 몰라도, 바율을 조종하기 위한 수단으로 리타를 납치한 것일 수도 있어!"

어째서 이렇게까지 하는지는 정확히 알 수 없지만, 에이단은 천족의 짓임을 확신했다.

"범인이 누구이건 간에, 지금 우리가 해야 할 건 바율이 오기 전에 리타를 찾는 거야."

녀석이 돌아와서 리타가 사라진 걸 알면 어떤 표정을 지을지, 퀸은 생각하고 싶지도 않았다.

"무슨 수로? 마족들도 모른다는데, 발품이라도 팔자는 거야?"

이럴 때 템페스타라도 있으면 좋으련만, 정령들은 전부 바율을 따라가고 없었다.

"우선 나는 동물들에게 부탁해 볼게!"

천족이 허튼 마음을 품기 전에 리타를 구해야만 했다. 겨울이라 동면 중인 녀석들이 많아 큰 기대를 할 순 없겠지만, 에이단은 망설이지 않고 밖으로 뛰어 나갔다.

"전처럼 아몬의 예지력으로 알 수는 없습니까?"

에이단이 나가고 얼마간 정적이 흘렀다. 문득 옛일이 생각난 로건은 고개를 들어 아몬을 올려다보았다.

하지만 어째선지 아몬의 안색이 평소보다 창백했다. 그는 이제껏 로건이 본 적 없는 굉장히 낯선 모습을 하고 있었다.

"이미 시도해 보았습니다만…… 보이지가 않았습니다."

"보이지가 않다니요? 그럴 수도 있는 겁니까?"

"시간의 기록장이 완벽한 것은 아닙니다. 간혹 여백이 자리를 채우고 있기도 하지요. 보통 미래가 정해지지 않은 경우에 이렇게 되곤 합니다."

"그 말씀은…… 정녕 리타가 어찌 될지 모르신다는 뜻입니까?"

아몬은 대답하지 않았다. 그러나 그의 안경 너머 감긴 눈꺼풀은 분명 미세하게 떨리고 있었다. 그것이 마치 좋지 않은 장래를 예감하는 것 같아서 로건의 마음도 덩달아 무거워졌다.

"리타가 잘못될 일은 없을 거다."

그러니 그따위 걱정은 집어치워.

낮게 가라앉은 데스의 음성은 그렇게 두 가지 말을 동시에 건넸다.

"역시 방법은 그것뿐인가?"

데스가 무엇을 하려는지 마황은 짐작이 갔다. 입맛이 썼다. 근사한 저녁밥이란 말에 홀랑 넘어가 이 사태를 만든 원흉이 자신이라는 게 그는 아직도 믿기지가 않았다. 데스가 자신을 죽이겠다고 덤벼도 얌전히 목을 내어 줄 수 있을 만큼, 그는 자괴감에 빠져 있었다.

"천족이 여기까지 쫓아왔을 거라고 예측하지 못한 게 실수야. 발목이 아니라 머리통을 부숴 놨어야 했는데."

당시를 떠올리자 데스에게서 강한 살기가 흘러나왔다.

"리타를 찾을 방도가 있는 겁니까?"

마족들이 줄곧 어렵다는 식으로만 얘기했기에 친구들은 당연히 수가 없는 줄로만 알았다.

"마계 총사령관의 진정한 힘을 보여 주도록 하지."

데스가 이제껏 그들에게 내보인 건 엄청난 먹성뿐이었다. 아마 리타가 사라지지 않았다면 평생 그 모습만 보았을 것이다. 그러나 지금은 그의 진짜 모습을 드러내야 할 때였다.

마계가 아닌 인간계이기에 위험 부담이 따르겠지만, 지금의 데스에겐 다른 선택지가 없었다.

라나사는 속으로 천만다행이라고 수십 번을 외쳤다. 로건과 퀸도 안도하는 기색이 역력했다.

"설마 당신……!"

하지만 일라이는 얼굴이 하얗게 질려서는 급히 손을 휘저었다.

"진체를 드러내려는 건 아니지? 그치?"

"……."

"저, 정말로 반신을 풀겠다는 거야? 여기서?"

"그거 말고 다른 방법이 있던가?"

데스의 천연덕스러운 대꾸에 일라이가 펄펄 뛰었다.

"당신 미쳤어? 여긴 인간계라고! 진체를 보이면 그 순간 엄청난 마력이 쏟아질 텐데, 그걸 드래곤들이 모를 것 같아?"

"모를 리 없겠지."

"그걸 알면서도 하겠단 말이야? 놈들은 당장 쳐들어올지도 몰라! 아니, 분명 쳐들어올 거야! 지금까지 아버지가 막고 계신 게 다 수포가 될 거라고!"

일라이는 저도 모르게 라예가르를 '아버지'라고 칭했지만, 워낙 흥분한 탓에 그것도 인지하지 못한 듯했다.

근래 드래곤 사회는 연일 고성을 동반한 회의가 한창이었다. 얼마 전까지만 해도 주된 화제가 일라이의 생존에 관한 것이었다면, 현재는 인간계에 머무는 마족들 때문이었다.

정신 나간 마족들이 언제 본색을 드러낼지 모르니 당장 해치워야 한다는 강경파와 당분간 시간을 두고 지켜보자는 온건파가 첨예한 대립을 하고 있었다.

수적으로 따지면 강경파가 훨씬 많았지만, 온건파엔 드래곤 로드, 라예가르가 있었다. 로드가 드래곤 사회에서 미치는 영향력은 압도적이었다.

"다른 좋은 방법이 있다면 기꺼이 따르지."

예상은 했다만 일라이의 말에도 데스는 겁먹기는커녕 눈 하나 깜짝 안 했다.

그에게 드래곤과의 싸움은 리타를 안전하게 구한 다음의 문제였다.

"나는 리타를 데려올 테니."

이미 마음을 굳힌 듯 데스가 수하들을 향해 돌아서며 명령했다.

"너희는 랑트를 지켜라."

바율이 애써 단장해 놓은 곳을 망칠 수는 없었다.

파핫!

한순간 시커먼 암흑이 일행의 시야를 지배했다. 그리고 잠시 후, 빛과 함께 그들의 망막을 채운 건 까만 날개가 솟은 데스의 뒷모습이었다.

Chapter 7.
데스의 분노

1.

"뭐, 뭐야! 어디 갔어?"

데스가 순식간에 일행의 눈앞에서 사라졌다.

진체를 드러낸 그는 거리낌이 없었다. 오랜만에 전신의 힘을 개방한 데스에게선 라나사와 로건마저 느낄 수 있을 정도의 강력한 마기가 발산되었다.

"완전히 돌았구먼!"

일라이라고 리타의 안위가 걱정되지 않는 것은 아니었다. 하지만 이런 식으로 무턱대고 덤비는 건 경솔한 짓이었다. 자칫하다간 마족과 드래곤 간에 전면전이 벌어질 수도 있기 때문이다,

아니, 틀림없이 그러고도 남았다. 그럼 그 피해는 고스란히 랑트, 나아가 인간계가 떠안게 될 것이다. 500년 전, 그의 친부인 광룡 라노스 사건 때 그러했듯이.

"당신! 정말 이대로 가만히 있을 거야?"

데스는 이미 사라져 버렸다. 잠시 망연히 있던 일라이는 퍼뜩 정신을 차리곤 마황을 설득하기 시작했다.

"지금도 늦지 않았어. 당장 동생에게 멈추라고 해!"

"그 녀석이 내 말을 듣겠어?"

"당신은 마황이잖아! 마계의 황제가 그런 것도 못 해?"

"하려고 들면 할 수야 있겠지. 근데…… 내가 왜 그래야 하지?"

"뭐?"

"다른 사람도 아니고, 리타를 구하는 일이다. 우린 이보다 더한 것도 할 수 있어."

마황이 제대로 보라는 듯 옆을 힐긋거렸다. 그의 시선을 따라가 보니 매서운 기세를 내뿜고 있는 세 남자가 있었다.

바르, 아몬, 아고스.

특히 개중에서도 바르는 연신 '스승님'을 중얼거리며 바드득 이를 갈고 있었다. 누구든 걸리기만 하면 아주 작살을 낼 태세였다.

"하아……."

일라이는 한숨을 터뜨리며 의자에 털썩 주저앉았다. 잠깐 잊고 있었다. 리타가 이들에게 어떤 존재인지를.

"라예가르……."

결국 당신이 여태 한 노력이 전부 헛일이 되어 버렸네.

저도 모르게 양부의 이름을 소리 내어 뱉으며 일라이가 눈을 감았다.

앞으로 일어날 일들을 상상하니 벌써부터 끔찍했다. 제한 몸도 지키기 어려울 게 자명한데, 이들은 또 다 어찌해야 한단 말인가.

과거의 자신과 지금의 그가 달라진 점이 있다면, 지키고 싶은 소중한 녀석들이 생겼다는 것이다. 그럴 만한 능력도 되지 않으면서.

마족을 해치우겠다는 명분으로 이곳을 침공할 드래곤들은, 작디작은 인간의 사정 따위는 신경 쓰지 않을 게 뻔했다. 인간계의 최고 포식자로 군림하는 그들은 태생부터가 거만하고 오만했으며, 자신들 외에는 죄다 하등의 생물로 취급하는 경향이 있었다.

데스가 수하들에게 랑트를 지키라는 명을 내리고 가긴 했지만, 일라이는 이들만으로 드래곤을 감당하기는 어려울 거라고 판단했다. 보나 마나 엄청난 희생이 따를 것이다.

"내가 진즉에…… 사라졌어야 했어."

"뜬금없이 무슨 소리야?"

데스를 말려야 한다고 날뛰던 일라이가 갑자기 자책하자 퀸이 눈살을 찌푸리며 녀석을 향해 고개를 돌렸다.

"나 때문에…… 내가 여기에 있으면 그들을 더 자극할 거야. 날 보면 흥분해서 더욱 난폭하게 굴 거라고."

라예가르가 단 한 번도 본인 입으로 말한 적은 없으나, 일라이도 피오를 통해 알 만큼은 알고 있었다.

마족들이 인간계에 머무는 건 순전히 리타의 음식 때문이었지만, 대다수 드래곤들은 일라이가 마족과 내통하는 것이 분명하다며 단단히 오해하고 있었다.

마족들에 대한 드래곤의 경계심을 키운 것도, 그래서 친구들을 위험하게 만든 것도 결국은 자신이었다.

"그, 세라리카 교수처럼 말이지?"

가국의 일을 해결하고 돌아오던 배 안에서 마주쳤던 블루 드래곤 세라리카. 그때 퀸은 말로만 듣던 드래곤의 진짜 힘을 몸소 체험했다.

바율에게 상대의 힘을 흡수하는 능력이 없었더라면, 막판에 라예가르가 나타나지 않았더라면 그들은 결코 성한 몸으로 배에서 내리지 못했을 터였다.

어쩌면 지금과 같은 순간을 맞이하지 못했을 수도 있었다. 그만큼 드래곤의 힘은 막강했다.

"근데, 그래서 뭐?"

이번에는 일라이가 퀸 쪽으로 몸을 돌려세웠다.

"그래서 뭐냐니? 퀸, 너 내 말 듣기는 했냐? 드래곤이 랑트를 공격할 거라니까? 심지어 그때처럼 하나도 아니야! 몇이나, 얼마나 몰려올지 짐작조차 할 수 없다고! 너는 겁도 안 나냐?"

"우리도 혼자는 아니잖아."

퀸이 손으로 제 가슴을 찍은 후 주변을 휘둘러보았다.

"마황에다가, 서열 높은 마족들도 함께 있는데 뭐가 그렇게 걱정이냐? 싸우다 보면 도시가 조금 엉망이 될 순 있겠지. 하지만 그건 바율이 오면 금세 회복할 수 있어."

"핫, 조금이라고?"

일라이는 순간 기가 막혀 픽 웃음이 튀어나왔다.

"광룡 라노스 알지? 내 친부 말이야."

그를 어떻게 모를 수 있겠는가. 일라이가 드래곤 사회에서 천대받는 이유가 바로 그 라노스의 아들이자, 레드 일족의 마지막 후손이기 때문임을 친구들 모두 알고 있었다.

"그 미친 드래곤이 폭주했을 땐, 도시가 아니라 나라가 사라졌어. 그것도 수십 개가. 즉! 랑트 자체가 지도상에서 없어져 버릴 수도 있단 소리야! 어쩌면 이 제국도 함께 지워질지 모르지."

"비약이 너무 지나친 것 같은데."

"퀸, 너야말로 안일하단 생각은 안 드냐?"

"물론 나도 걱정은 돼. 하지만 이사장님도 계신데, 그렇게까지 되겠어?"

퀸이 라예가르를 거론하자 일라이가 잠시 멈칫했다. 그러나 이내 어쩔 수 없다는 양 고개를 저었다.

"아무리 로드라도 이번엔 막을 수 없을 거야. 이미 한계치까지 다다른 상태였어. 혈기 왕성한 젊은 드래곤들이 멋대로 굴고 있었다고. 그런데 이런 일까지 터져 버렸으니, 이젠 정말……."

라예가르가 수없이 해명하고 계속해서 설득해 봐도, 레드 일족에 대한 뿌리 깊은 증오심과 마족에 대한 선입견은 그들의 귀를 막아 마음의 벽을 높게 쌓을 뿐이었다.

"그 혈기 왕성한 도마뱀들은 우리가 상대해 주지."

일라이와 퀸 간에 오가는 대화를 잠자코 듣고 있던 크루델리스가 마치 크게 선심이라도 쓰듯 끼어들었다.

"몇 마리나 올지는 모르겠지만, 꼬마 도마뱀께선 그만 염려했으면 좋겠군."

"…꽤 자신 있는 표정이시네요."

"마계의 황제를 우습게 보는 건가?"

"그렇다기보다…… 내가 그들을 너무 잘 아는 탓이죠."

마족만큼이나 드래곤을 경멸하는 일라이지만, 그들이 지닌 힘만은 최고라 믿어 의심치 않았다. 아무리 그가 마황이라고 해도 드래곤을 상대로 쉽게 이기기란 요원할 것이다.

"그건 두고 보면 알게 되겠지."

크루델리스 사전에 지금껏 패배란 없었다. 마황이란 자리도 직접 손에 피를 묻혀 가면서 얻어 낸 결과였다.

아직 해츨링인 녀석에겐 본디 제 세계의 어른이 가장 무섭게 느껴지는 법이다. 이곳이 마계였다면 건방진 소리를 지껄인 일라이를 단칼에 베어 버리고도 남았겠지만, 여긴 엄연히 다른 세계였고 마황에겐 그보다 훨씬 중요한 문제가 놓어 있었다.

리타를 온전하게 구해 내는 것.

그리고 그런 리타가 애지중지 여기는 이곳을 지키는 것.

그 목표를 위해서라면 그는 뭐든 할 준비가 되어 있었다.

"일단 지금은 놀란 네 친구부터 다독여야 할 것 같군."

마황이 가리키는 방향을 무심결에 좇던 일라이는 그제야 자신이 실수했음을 깨달았다. 그도 그럴 게, 라나사가 석상처럼 굳은 채 눈만 깜박이며 그를 보고 있었기 때문이다.

드래곤이 곧 랑트를 공격할 거란 사실은 라나사의 머릿속에 제대로 들어오지도 않았다. 그녀는 일라이가 인간이 아니라 드래곤이며, 그의 양부인 이사장 역시 드래곤이라는 얘기를 듣고 줄곧 정신을 가다듬느라 애쓰는 중이었다.

마족에 이어 드래곤이라니.

더 이상의 비밀은 없다고 했으면서.

그사이 내성이라도 생긴 건지, 놀라움에서 조금 비켜나자 이제 원망이 생겨났다.

"저기…… 라나사…… 그게 말이야……."

"쉿."

"……."

"그만 얘기해."

배신감 같은 건 아니었다. 그저 다음에 또 어떤 말로 뒤통수를 칠지 준비할 시간이 필요했다.

"라나사, 이제 진짜 숨기는 거 없어. 다 말한 거야. 내가 장담할게."

로건은 제 사촌 누나가 쓸데없는 오해를 하길 원치 않았다. 그래서 서둘러 부연하는데, 이미 늦은 듯했다.

"로건, 넌 진짜 인간 맞니?"

어이없어하는 사촌 동생의 얼굴을 보면서도 라나사는 쉬이 의심을 접지 못했다.

2.

"저기요! 밖에 아무도 없어요? 여기 사람이 갇혔어요! 제 목소리가 들리면 누구든 대답 좀 해 주세요!"

리타는 목이 터져라 외치고 또 외쳤다. 하지만 몇 시간이 지나도록 돌아오는 건 제 음성의 메아리뿐이었다.

"여기가 대체 어디냐고!"

소리를 계속 질렀더니 목구멍까지 따끔거렸다. 리타는 눈물이 나려는 걸 꾹 참고 벽에 몸을 기대앉았다. 바닥과 등에서 몸서리가 쳐질 만큼 찬 기운이 느껴졌지만, 두려운 감정에 비할 비는 아니었다.

겨우 달빛이 조금 새어 들어오는, 사방이 꽉 막힌 동굴 같은 곳이었다. 리타는 자신이 왜 이런 데 갇히게 된 건지 알지도 못했다.

도련님께 줄 무언가를 봐 달라고 해서 에피를 따라갔던 것까지는 생각나는데, 이후로는 기억이 삭제라도 된 듯 중간에 뚝 끊겼다. 그리고 그다음이 이 동굴에서 눈을 뜬 것이었다.

"나한테 대체 왜 이러는 건데……."

리타는 순진하긴 해도 바보는 아니었다. 이쯤 되자 어제의 사고가 우연이 아니었음을 자각했다. 천하의 제수 없는 사람이 아니고서야, 이런 일이 연이어 터지진 않을 것이다.

분명 누군가가 그녀를 노리고 벌인 짓인데, 그게 누구인지를 도통 모르겠다.

"도련님……."

도련님이 계셨다면 템페스타가 금방 찾아냈을 텐데. 아니, 애초에 이런 일이 벌어지기도 전에 막아 주셨을 텐데.

바율을 떠올리자 서러움에 다시 눈물이 북받쳤다.

"이제 난 어떻게 되는 거지……."

누군지도 모르는 상대에 의해, 어딘지도 모르는 장소에 갇혔다. 배는 고프고, 추위에 손과 발은 진즉에 얼어붙었다. 처음엔 열을 내기 위해서 일부러 제자리에서 뛰어 보기도 했지만, 이제는 그럴 기력도 없었다.

알 수 없는 상황에 대한 막연한 공포감이 리타를 점점 잠식했다. 그녀는 무릎을 세우고 머리를 숙인 채 숨죽여 울었다.

쿠웅!

시간이 얼마나 흘렀을까. 두려움과 추위에 지쳐 깜박 잠이 들었던 리타는 이상한 느낌에 고개를 번쩍 들었다.

쿠웅!

"뭐, 뭐지?"

지반이 흔들렸다. 천장에서는 흙 같은 것이 우수수 떨어졌다.

"지진인가?"

랑트엔 분화구가 여럿 존재했다. 지진이 일어나도 그리 이상한 일은 아니란 뜻이다.

하지만 왜 하필 지금이란 말인가. 사방이 막힌 공간에서 지진을 맞닥뜨린다면 그야말로 꼼짝없이 죽는 것이었다.

"여기요! 여기 사람 있어요! 살려 주세요!"

리타는 주먹을 쥔 채 벽을 미친 듯이 두드렸다. 분명 실내에 갇혔으면 어디라도 문이 있어야 할 텐데, 어떻게 생겨먹은 곳인지 당최 그 비슷한 모양도 찾을 수 없었다. 그래서 아까부터 되는 대로 여기저기 두드리며 소리치는 수밖에 없었다.

쿠우웅!

"꺄아악!"

진동의 세기가 더 커졌다. 리타의 몸이 크게 휘청이더니, 어깨 부위를 세게 벽에 찧었다. 고통을 느낄 새도 없었다. 엄청난 양의 먼지와 흙들이 날리며 한순간에 시야를 가렸다.

진짜 이대로 여기서 죽는 걸까?

"도려니임!"

믿을 수 없는 현실 앞에서 리타는 거의 악에 받친 사람처럼 울부짖었다.

쿠우우웅!

이제까지와는 비교조차 할 수 없는 강도로 일대가 흔들린 것은 그때였다.

균형을 잃고 쓰러진 리타는 하필이면 바닥에 튀어나와 있던 돌부리에 후두부를 크게 부딪쳤다. 그리고 강한 충격과 함께 그대로 혼절하고 말았다.

그런 그녀의 몸 위로 서서히 벽과 천장이 갈라지며 무너져 내렸다.

3.

리타가 어딘지도 모르는 장소에 갇혀 깜박 잠이 들었던 그 시각. 데스는 랑트의 중심, 팔레즈 호텔의 하늘 위에서 흑색 날개를 펼친 채 지상을 굽어보고 있었다.

그런 그에게선 좀 전보다 더욱 강력한 마기가 흘러나왔다. 어두컴컴한 밤의 장막을 뚫고 그 막대한 에너지가 랑트 전체로 번져 나갔다.

리타에게 심어 놓은 마력은 그녀에게 위험이 닥쳤을 때

만 발동한다는 제한이 걸려 있었다.

하지만 그건 데스가 반신의 모습일 때나 해당하는 이야기였다. 마족이 진체를 드러낸다는 건, 가진 힘을 모두 사용하겠다는 것과 같은 의미였다.

데스는 마계의 총사령관이다. 공식 서열은 9위이나, 실질적으로는 마황이자 형인 크루델리스를 능가하는 마력을 소유한 대마족이었다.

데스가 진체를 내보인 이상, 마음만 먹는다면 그의 기운을 지닌 리타를 찾아내는 건 별로 어려운 일도 아니었다.

"……!"

고요하나 날카로운 눈빛으로 마력의 범위를 넓혀 가던 데스의 눈동자에서 일순 광채가 번뜩였다. 그는 일말의 지체함도 없었다.

파핫!

그의 날개가 한순간에 접히더니, 마치 화살이 쏘아지듯 어디론가 휙 날아갔다. 본래 그 자리에 아무도 없었던 것처럼 번개와도 같은 빠르기였다.

"여기로군."

데스가 도착한 장소는 랑트의 중심지에서 꽤 벗어난 외곽 지대였다. 그의 형형한 시선이 수십 개의 거대한 바위가 아무렇게나 널브러져 있는 곳, 개중에서도 특히 어느 한 부분을 무섭게 노려보았다.

희미하지만 리타의 맥박이 느껴졌다. 호흡이 고르진 않아도 다행히 그저 잠들었을 뿐, 몸에 별다른 이상은 없는 듯했다.

"이런 장난질을 쳐 놨겠다?"

남들에게는 랑트의 어디를 가든 볼 수 있는 평범한 땅에 불과했지만, 진체를 드러낸 데스에게는 일대를 촘촘히 둘러싸고 있는 천족의 기운이 읽혔다. 누구의 침입도 허락하지 않겠다는 양 치밀한 그물망이 마력을 튕겨 내고 있었다.

"이러니 바르 자식이 못 찾았지."

이로써 지난번 아카데미 몬스터 난입 사건과 더불어 이번 일 역시 천족이 개입했다는 사실이 다시 한번 확실해졌다.

그때는 발목으로 만족해야 했지만, 이번엔 그 이상의 대가를 치러야만 할 것이다. 이 일로 천족과의 전쟁이 시작된다고 해도 데스는 상관없었다. 먼저 시비를 걸어온 쪽은 상대였고, 그는 이제껏 싸움을 피해 본 적이 없었다.

"우선 리타를 구한 다음이다. 그런 후에 모가지를 따 주지."

데스의 검은 눈동자가 점점 붉은색을 띠었다. 그가 바위

더미를 향해 힘껏 마력을 날리자 천기와 마기가 충돌하며 지반이 크게 흔들렸다. 우르릉, 천둥이라도 치듯 무겁고 요란한 소리가 잇따라 밤하늘을 울렸다.

"여기요! 여기 사람 있어요! 살려 주세요!"

울부짖는 리타의 목소리가 데스의 고막을 거슬린 것은 그 즈음이었다. 잠에서 깨어난 그녀가 겁에 질려서는 미친 듯이 외쳐 댔다.

데스의 안색이 더할 수 없이 차갑게 식었다. 어제 리타가 발코니 아래로 추락할 때도 피가 거꾸로 솟는 것 같았는데, 지금의 더러운 기분에 비할 바는 아니었다.

오히려 기절한 상태가 나았나. 두려움에 떠는 리타의 음성을 듣는 순간 데스의 가슴에 엄청난 회오리가 몰아쳤다.

리타를 안전하게 지켜 내지 못했다는 자책감과 동시에, 이 사태를 만든 원흉인 천족은 물론 놈이 사는 천계까지 모조리 멸살해 버리고 싶은 강한 충동에 휩싸였다.

이제까지와는 질이 다른 진득한 살기가 데스의 온몸에서 배어났다.

그 광포한 기운에 놀란 것일까.

숨을 훅 들이켜는 기척이 데스의 예민한 감각에 걸려들었다.

"쥐새끼가 숨어 있었군."

데스의 입꼬리가 비스듬히 말려 올라갔다. 그의 분노와 살의가 한데 엉켜 무시무시한 굉음을 만들며 일대를 삼켰다.

쿠우우웅!

그 어마어마한 힘에 의해 마침내 천족의 결계에 구멍이 뚫렸다. 충격의 여파로 근처의 바위들이 모래성처럼 속절없이 무너지기 시작했다.

데스가 빗살처럼 한 지점을 향해 날아갔다. 예리한 파편 조각들이 리타의 신체를 덮치려는 찰나, 그녀는 이미 데스의 손에 안전하게 들려 있었다.

'피?'

비릿한 혈향에 데스의 미간이 꿈틀거리기도 잠시, 그녀의 후두부에 났던 상처가 순식간에 아물었다.

새삼 리타에게 치유 능력이 생긴 것이 다행이라 여기며 데스가 천천히 지면으로 내려섰다.

"네놈은 누구냐."

그런 그의 앞에는 놀랍게도 에피가 무릎을 꿇은 자세로 옴짝달싹하지 못하고 있었다. 데스의 마력에 움직임을 봉인 당한 것이다. 그녀는 작금의 상황을 전혀 예상하지 못한 듯 당황한 기색이 역력했다.

"날 이리로 불러내 놓고 도망치지 않은 건 무슨 자신감이지? 설마 내게 들키지 않을 거라 생각한 건가?"

기절한 리타를 품에 안은 채 데스는 여유롭다 못해 부드러운 음색으로 물었다.

그러나 상대를 내려다보는 그의 눈빛은 당장이라도 죽여 없애고도 남을 만큼 오싹하고 서늘했다. 데스에게서 새어 나오는 음산한 마기에 에피의 몸체가 절로 부르르 떨렸다.

"천족의 특기 중 하나가 인간의 육신을 자유롭게 빌리는 거라지."

겉모습은 에피였지만, 놈은 진짜 에피가 아니었다. 리타를 어떻게 꼬여 냈나 싶었는데, 이런 잔재주를 부렸을 줄은 몰랐다.

"흔적을 지우는 기술까지 타고나고…… 꽤 탐이 나는 능력이야."

데스가 씩 웃더니 돌연 손가락을 튕겼다.

"커헉!"

그러자 에피가 외마디 소리를 지르며 그녀의 몸이 둘로 쪼개졌다. 아니, 정확히는 에피의 몸에서 누군가가 비어져 나오는 것 같은 모양새였다.

"끄아악!"

비명을 터뜨린 쪽은 웬 청년이었다. 자의가 아닌 타의에 의해 억지로 끌려 나온 탓에 고통이 상당한 듯, 그는 머리를 부여잡은 채 바닥을 뒹굴었다.

몸의 주인인 진짜 에피는 리타와 같이 정신을 잃고 그대로 스르륵 쓰러졌다. 다행히 그녀 역시 별다른 외상은 보이지 않았다.

"넌 그때 그놈이 아니군."

데스가 집요하게 쫓아 기어코 발목을 잘라 냈던 놈은 체구가 좀 더 작았다. 풍겨 오는 천기 또한 이전에 비해 강도가 약했다.

"놈의 부하인가?"

앙퓔은 머리통이 찢기는 듯한 통증에 제정신을 차리기힘들었다. 상대가 마계의 총사령관이란 사실은 이미 알고있었다. 하지만 이 정도로 자신이 간단히 제압당할 거라고는 미처 예상하지 못했다.

마계 서열 9위의 실력이 이 정도란 말인가?

"끄윽!"

숨이 꺽꺽 넘어갈 듯한 와중에도 앙퓔은 그의 주군을 염려하지 않을 수 없었다. 호텔에는 무려 마황이 머물고 있었다. 만약 그의 손에 주군이 넘어간다면……

불현듯 치밀어 오르는 걱정에 앙퓔의 눈동자가 궁핍하게 흔들렸다. 걷잡을 수 없는 불길함이 그를 불안에 빠뜨렸다.

"네 웃대가리는 어디 있지?"

앙휄에게 묻는 데스의 어조는 매우 평이했다. 마치 내일 날씨가 어떠냐고 물어보는 것 같았다.

하지만 앙휄은 대답할 수가 없었다. 그의 의지와는 무관했다. 점점 더 강해지는 고통의 세기에 마음대로 입을 벌릴 수조차 없었다.

앙휄은 천계의 십이기사였다. 십이기사란 주신의 축복 아래 탄생한 열두 명의 기사를 뜻했다. 그들은 천계를 수호해야 하는 숙명을 타고난 자들답게 보통의 천족들에 비해 남다른 능력과 힘을 갖추고 있었다.

그중에서도 앙휄은 특별히 실력을 인정받아 수신의 아늘을 보필하는 임무를 부여받았다.

그런 그가, 제대로 반격 한 번을 못 한 채 땅바닥을 구르는 중이었다. 이마저도 데스가 봐주는 상태였지만, 앙휄은 그러한 걸 알아챌 만한 여유가 없었다. 그의 의식은 그저 충격과 공포로 점철되어 가고 있었다.

"하긴, 묻는다고 답할 것 같지도 않군."

데스는 얼굴을 한번 꾸깃 찌푸렸다. 씹어 먹어도 시원찮을 눈앞의 천족을 어떻게 처리할까 잠시 궁리에 빠졌다.

"그냥 죽이자니 뭔가 쓰임새가 있을 것 같단 말이지……."

그렇게 생각한 데스는 빠르게 손을 한 번 휘저었다. 그러자 허공에 시커먼 안개가 피어나더니, 서서히 앙휠을 향해 전진했다.

"끄…… 끄윽!"

그에 겁을 먹은 앙휠이 손과 발을 버둥거렸지만, 데스의 봉인에서 벗어날 수는 없었다. 그를 잠식하던 통증이 점차 사라져 갔다. 대신 머릿속이 얼얼해졌다.

그의 전신이 안개로 완전히 뒤덮인 순간, 섬광이 번쩍하더니 돌연 앙휠의 모습이 종적을 감췄다.

"마계의 감옥을 처음으로 경험하는 천족이 되겠군."

데스는 그제야 입가에 만족스러운 미소를 머금은 채 리타와 에피를 안고 팔레즈 호텔로 향했다.

4.

"라나사, 혹시 에피 못 봤니?"

일라이의 정체를 알게 된 라나사가 얼이 나가 있을 때였다. 오늘 저녁 식사는 따로 하기로 했던 아이작과 클로에가 다급한 기색으로 룸 안으로 들어섰다.

"에피라니요? 에피가 왜요?"

"그게, 이사벨 부인이 한참 전부터 에피가 보이지 않는다면서 내게 묻더구나. 혹시 너와 함께 있는 건가 싶어서 와 봤는데, 아닌 모양이지?"

"네⋯⋯."

라나사는 왠지 불안한 느낌이 들었다. 리타가 천족인지 뭔지에게 납치된 이런 상황에, 에피까지 없어졌다는 게 영 기분이 이상했다.

"애들아, 내가 좀 늦었지?"

그때 싱클레어가 산뜻한 미소와 함께 손을 흔들며 나타났다.

"온천탕에 너무 오래 있었나 봐. 몸이 노곤해서 통 일어날 수가 있어야지."

온천욕을 즐기느라 저녁 식사 자리에 늦은 것에 대해 싱클레어가 쑥스러워하며 머리를 긁적였다.

"어? 근데 에이단이 안 보이네?"

어리둥절하게 룸 안을 살피던 싱클레어가 그제야 분위기가 평소와 다름을 인지한 듯 어색한 표정을 지었다.

내가 뭘 잘못한 건가?

타이밍이 좋지 않았을 뿐인데, 녀석은 꼭 자기가 실수라도 한 양 안절부절못했다.

"나 찾았어?"

에이단의 목소리가 툭 튀어나온 것은 그때였다. 리타를 찾겠다고 뛰쳐나갔던 녀석이 어쩐지 편안해진 낯빛으로 되돌아왔다.

"리타한테 잠깐 부탁할 게 있어서 좀 늦었네."

"…리타한테?"

그건 또 무슨 소리냐?

의문 서린 친구들의 눈빛에 에이단이 어깨를 으쓱이며 말했다.

"근데 에피랑 같이 있어서 말도 못 꺼냈어."

"에피? 에이단, 지금 에피라고 했니? 에피를 보고 온 거야?"

"네. 방금 리타 방에서 봤는데, 왜 그러세요?"

놀란 얼굴로 묻는 클로에게 에이단이 아무렇지 않게 되묻자, 그녀가 이제 되었다는 듯 안도의 숨을 푹 내쉬었다.

"아니다. 별일 아니었는데 내가 괜히 어제 일 때문에 예민해져서…… 그럼 마저 식사들 하거라. 난 이사벨 부인에게 가 봐야 할 것 같구나."

에피의 부재 소식에 행여 라나사와 같은 사고가 난 것은 아닌가 걱정을 했더랬다.

클로에는 아이작과 함께 이사벨 부인에게 소식을 전하러

서둘러 움직였다.

"에이단, 좀 전에 무슨 소리야? 리타 찾았어?"

"응, 데스가 데려……!"

콰앙!

호텔의 입구에서 데스와 마주쳤다는 이야기를 막 하려던 참이었다. 하지만 에이단의 말은 갑작스러운 폭발음에 묻혔다. 개인실 룸에 딸린 창문으로 어둠을 깨고 강한 불빛이 번쩍였다.

"드디어 왔군."

마황을 위시한 마족 넷이 동시에 사라졌다.

"결국……."

일라이는 호흡도 잊은 채 멍하니 중얼거렸다. 그는 느낄 수 있었다. 거대한 기운이 랑트를 집어삼킬 것처럼 점점 늘어나고 있었다.

"정신 차려, 라이. 지금은 자책이 아니라 맞서 싸워야 할 때야."

"그래, 나가자."

"저들에게만 맡길 순 없어."

"싱클레어, 설명은 나중에 해 줄게. 밖은 위험할 수 있으니까 숙소에 가 있어. 절대 나오면 안 돼!"

로건과 퀸이 차례대로 일어나니 일리이를 잡아 세웠다.

라나사도 방에 둔 검을 가지러 뛰어갔고, 에이단은 싱클레어의 등을 두드리며 빠르게 달려 나갔다.

싱클레어는 끝까지 모르겠다는 표정을 하고 있었지만, 입 끝이 희미하게 올라가는 것만은 막지 못했다.

'이제 정말 재밌어지겠군.'

Chapter 8.
멸망의 이유

1.

릴리스의 결혼식은 매우 성공적으로 치러졌다. 부득이한 사정으로 미뤄졌었던 만큼 각별히 신경을 쓴 덕에 사돈 측 가문의 면도 섰고, 쓸데없이 생겨난 오해들 역시 자연스럽게 사라졌다.

바율은 사촌 누나의 한 번뿐인 결혼식을 위해서 정령들을 동원해 하객들에게 잊지 못할 하루를 선사해 주기도 했다.

추운 겨울임에도 해밀턴 곳곳에 색색의 꽃들이 만개하였고, 얼어붙었던 광장의 분수대에선 따뜻한 온수가 콸콸 쏟아졌다. 밤에는 화려한 불꽃놀이가 하늘을 아름답게 수놓

앉았으며, 북쪽에선 찬 공기 대신 온풍이 불어왔다.

파티와 손님 접대라면 질색하는 란데르트 공작 또한 이례적으로 혼례 당일 내내 리암과 함께 연회장을 지켰다.

그러잖아도 공작과 바율에 대한 사심으로 해밀턴을 찾은 이들이 대다수였다. 강추위를 뚫고 먼 곳까지 온 보람이 있다며 다들 기쁨을 감추지 못했고, 두 부자와 어떻게든 말한 번을 섞기 위해 그들만의 치열한 신경전이 펼쳐졌다.

하물며 황제는 릴리스의 결혼이 란데르트 공작가의 경사라며, 친히 선물까지 하사하였다. 물론 그것은 그간 도당의 대신으로서 많은 공을 세운 리암에 대한 보상이기도 했다.

릴리스에게 각자 나름의 이유로 부책 의식이 있었던 공작과 바율은 최대한 성의껏 귀족들을 상대하는 것으로 그녀에 대한 자신들의 애정을 표출했다.

"후우! 이제야 좀 숨 돌릴 틈이 생겼네."

사람들이 도통 놔주지를 않아 화장실을 갈 틈도 없었던 바율이었다. 그가 겨우 피로연장을 빠져나올 수 있었던 건 맥 보좌관의 재치 덕분이었다.

폐하께서 명하신 특무 대신으로서의 업무에 대해 잠시 상의할 것이 있다는 그의 말에, 바율을 붙잡는 이들은 한 명도 없었다. 감히 그럴 수 없었다는 게 정확한 표현일 것이다.

원래는 결혼식이 끝나는 대로 랑트로 돌아갈 생각이었는데, 돌아가는 분위기상 꼼짝없이 며칠은 더 있어야 할 판이었다.

"다들 잘 지내고 있겠지?"

해밀턴의 밤은 평화로웠다. 시끌벅적한 실내와 달리 고즈넉한 정원이 바율은 퍽 마음에 들었다. 벤치에 앉아 멍하니 하늘을 올려다보고 있으니 절로 친구들의 얼굴이 떠올랐다.

결혼식의 피로연이 끝나면 해밀턴을 찾은 손님들 대개가 랑트로 이동할 예정이었다. 이미 바율의 영지 개발 소식을 전해 들은 그들은 대화를 하는 동안에도 끊임없이 그 주제를 거론하며 바율에게 호감을 사려고 애썼다.

제 영지를 방문해 준다면야 바율 입장에선 고마운 일이었지만, 과도한 관심은 어쩐지 조금 부담스러웠다. 아직도 그에겐 사람을 상대하는 것이 가장 어려운 일이었다.

"…응?"

얼마나 그렇게 있었을까.

바율이 다시 피로연장으로 돌아가야 하나 고심하던 순간, 별안간 정원의 안쪽에서 부스럭거리는 소리가 들렸다.

전대 정령왕의 힘을 각성하면서 감각이 예민해질 대로 예민해진 바율이었다. 그런 걸 놓칠 리 없었다.

"재스퍼?"

그저 무심결에 재스퍼의 이름을 불렀을 뿐, 바율은 녀석의 기척이 아님을 바로 알아차렸다.

"누구십니까? 나오시죠."

평소와 달리 바율의 음성에 약간의 노기가 서렸다. 그와의 만남을 원했다면 정식으로 인사를 청하는 것이 마땅하다. 이런 식으로 몰래 접근하는 건 예의에 어긋났다.

"무례를 범하려는 의도는 아니었습니다."

그런 바율의 속내를 느낀 듯 어둠 속에서 변명의 말이 흘러나왔다. 그런데 어쩐지 말투가 영 어색했다. 분명 제국 공통어인데 이제껏 들어 보지 못한 낯선 억양에, 발음마저 부정확했다.

외국인인가?

오늘 결혼식엔 타국의 손님도 상당수 초대되었다. 어느 나라의 사람인지는 모르겠지만, 일단 바율과 대면하지 않은 것만은 확실했다. 이처럼 특이한 발성을 그새 잊었을 리 없었다.

"곧 모습을 드러낼 터이니 놀라지 않으셨으면 합니다."

이미 놀라게 해 놓고 뒤늦게 하는 말치곤 우습기 짝이 없었다. 개인적인 청탁은 받지 않겠다고 사전에 공지를 했거늘, 조금은 피곤하게 되었다.

‘이럴 줄 알았으면 맥 보좌관님과 함께 올걸.’

자청해서 정원까지 따라오려던 그를 말린 건 다름 아닌 바율이었다. 그에게도 쉬어야 할 시간이 필요하다며 극구 만류한 결과가 지금 이 꼴이었다.

하지만 언제고 이런 일은 계속 일어날 것이다. 아마 아카데미를 졸업하고 본격적으로 업무를 보게 되면 더더욱 심화될 터, 이참에 미리 예행연습하는 셈 치는 것도 나쁘진 않으리라.

"나오십시오."

바율은 부러 단호한 목소리를 발하며 어둠 속을 바라보았다. 그리고 마음의 준비를 단단히 했음에도 불구하고, 그는 놀라지 않을 수 없었다.

"……!"

나무 그늘을 벗어나 달빛 아래 모습을 보인 건 남루한 행색의 청년이었다. 남자는 앙상하게 마른 겨울 나뭇가지와 낙엽을 연상시키는, 낡고 해진 옷을 입고 있었다.

한마디로 오늘 결혼식에는 절대 초대될 수 없는, 아니, 아예 입장조차 할 수 없는 차림새란 뜻이었다. 누구라도 이런 복장을 하고 왔다면 두 가문에 대한 모욕이라 생각할 것이다.

하지만 바율이 놀란 건 그런 상대의 차림 때문이 아니었다.

아카데미에서 퀸을 처음 만났던 그때도 이런 기분이었
다.

청년의 얼굴 양쪽에 자리한 뾰족한 귀. 인간의 귀와는 확
연히 구분되는 그것은 분명 엘프의 특징 중 하나였다.

그를 보자 바율은 불현듯 떠오르는 이름이 있었다.

"설마…… 가르디엥?"

바율은 여태껏 살면서 실제로 엘프를 만나 본 적이 없었
다. 문헌에서 한때 인간과 공존하며 살아갔던 엘프 종족이
아주 먼 옛날, 어느 순간 갑자기 사라졌다는 기록을 보았을
뿐이다.

그 문헌에는 엘프의 생김새와 특성에 관해서도 적혀 있
었다. 유난히 하얀 피부와 빠른 동체 시력을 가졌다는 그들
은, 인간과 가장 대비되는 특징이 바로 길고 뾰족한 귀가
달렸다는 것이었다.

바율은 캐링스턴을 떠나기 직전, 난데없이 엘프들의 언
어인 산스카인어로 작성된 편지를 받았다. 발신지는 정화
의 숲이었고, 그걸 보낸 이는 정화의 숲 지킴이 가르디엥이
었다.

릴리스 누나의 결혼식장에서 엘프와 맞닥뜨릴 거라고는
전혀 예상하지 못했지만, 그의 귀를 보고 가르디엥이라는
이름을 떠올리는 건 바율에겐 너무나 당연했다.

그리고 바율의 예상은 정확했다.

"제 서찰을 받으셨군요!"

가르디엥은 확신할 수 없었다. 엘프와 인간과의 유대 관계는 오래전에 끊겼고, 수백 년이 넘도록 교류조차 없었다.

그에겐 바율에게 서신을 보내는 행위 자체가 도박이었다. 그리고 이렇게 실제로 만난 건 거의 기적에 가까운 일이었다.

"제게 긴히 하실 말씀이 있다고 적혀 있는 걸 봤습니다. 안 그래도 언제쯤, 어떻게 찾아오실지 몰라서 마냥 기다리고 있었습니다."

갑작스러운 엘프의 등장에 바율은 꽤 딩황했지만, 그런 것치고는 제법 침착하게 응수했다. 기실 그에게서 편지를 받았을 때부터 이날을 고대해 왔다고 해도 과언이 아니었다. 바율은 그에게 묻고 싶은 게 너무나 많았다.

"산스카인어를 할 줄 아시는 겁니까? 제가 제국어로 말할 수는 있어도 글까지는 무리인지라 어쩔 수 없이 산스카인어로 적었는데, 역시 아시는군요!"

"아, 그건 아닙니다."

반색하는 가르디엥에게 바율은 황급히 손을 저었다.

"다른 분이 대신 읽어 주셨습니다."

"…아! 그랬군요."

어째선지 가르디엥의 얼굴에 실망의 기색이 스쳤다. 지렁이가 꿈틀거리는 듯한 그런 어려운 글자를 인간인 자신이 어떻게 알 수 있냐며 순간 따지고 싶었지만, 바율은 그보다 궁금증이 앞섰다.

"그런데 여긴 어떻게 들어오신 겁니까? 외부인은 초대장 없이는 절대 출입할 수가 없을 텐데요."

아닌 게 아니라 해밀턴은 현재 도시는 물론이고, 본성 전체를 만월 기사단이 직접 나서 지키고 있었다. 제국의 중요 인사들이 많이 자리한 날이니만큼 안전에 더욱 주의를 요하라는 란데르트 공작의 명령이 있었기 때문이다.

그런 철통 보안을 어떻게 뚫고 성내로 진입했는지 바율은 의아했다.

"그건, 나무들의 도움을 받았습니다."

"나무들의…… 도움이요?"

"네. 저는 정화의 숲을 지키는 자입니다. 정령사인 바율 님처럼 정령을 직접 부리지는 못하지만, 풀과 나무들의 기운을 조금씩 나누어서 사용할 수가 있지요."

"아……."

완전히 이해한 건 아니지만, 바율은 그의 말뜻을 어렴풋이 알 것도 같았다. 이제껏 남루한 차림새라고 생각했던 그의 모습은 지금 보니 나무를 꼭 빼닮아 있었다.

"다시 한번 무례를 무릅쓰고 이렇게 찾아뵙게 된 점 사과드립니다."

가르디엥은 바율이 아직도 화가 났다고 느꼈는지 허리까지 숙이며 정중히 사죄했다.

"전 괜찮습니다. 오히려 그 모습으로 여기까지 찾아오시느라 더 힘드셨을 것 같군요. 만날 시간과 장소를 정해 주셨으면 좀 더 편했을 텐데요."

"그건 너무 위험했습니다."

"예?"

서찰에 시간과 장소를 적는다고 해서 위험해질 이유는 딱히 없었다. 한데 무슨 까닭인지 가르니엥의 안색은 대번에 어두워졌다.

"편지가 제대로 도착한 것만도 운이 좋았습니다. 만약 '그들'이 눈치챘다면 제가 이렇게 여기 오지도 못했을 겁니다."

"…그들이라니요?"

"천족 말입니다."

그의 입에서 뜻밖의 단어가 튀어나오자 바율은 심장이 덜컹 내려앉는 듯한 느낌이었다. 그걸 아는지 모르는지 가르디엥은 계속 말했다.

"캐링스턴 아카네미에 지긴이 일고 몬스터가 난입했다

는 얘기를 들었습니다. 바율 님에 대한 소식을 너무 늦게 알아 버린 탓에 그들에 대해 미리 말씀드리지 못한 점, 너무나 유감스럽게 생각합니다."

"…그게 천족이 한 짓이라는 걸 어떻게 아신 거죠?"

"캐링스턴은 정령석이 뿌리내린 곳입니다. 정령석의 비호를 받는 그곳에 그러한 변고가 벌어졌다는 건, 천족의 고약한 장난질이 아니고서야 설명이 되지 않지요."

"말씀하시는 걸 보아하니 천족에 대해 아주 잘 아시는 것 같은데…… 맞습니까?"

"정령계가 왜 멸망하신 줄 아십니까?"

선하게만 보이던 가르디엥의 눈빛에 돌연 분노와 원한이 들어찼다. 안 그래도 그를 보면 가장 묻고 싶었던 게 '정령계가 대체 왜 멸망했는지'에 대한 것이었다.

누구도 속 시원히 설명해 주지 않던 걸, 오늘 처음 만난 엘프 가르디엥이 말해 주려고 한다.

"…제가 당신을 믿어도 되는 겁니까?"

그를 애타게 기다렸지만, 막상 이런 순간이 오자 바율은 선뜻 마음이 내키지 않았다. 예전의 순진한 그였다면 덜컥 그에게 속을 드러냈겠지만, 요 몇 년간의 다사다난한 일들이 바율을 많이 변화시켰다.

"저를 믿지 않으셔도 됩니다. 그걸 강요하기 위해 바율

님을 찾아온 게 아니니까요.”

“그 말씀은, 저를 찾으신 이유가 따로 있다는 것으로 들립니다.”

“예. 전…… 바율 님을 지키고자 이곳에 왔습니다.”

“저를 지킨다고요? 누구로부터…… 혹시 천족에게서 절지키겠다는 겁니까?”

바율은 조금 어이가 없었다. 엘프에 대해 잘은 모르지만, 아무렴 그가 천족보다 강할 리는 없기 때문이다.

그런 바율의 속을 다 안다는 듯 가르디엥이 낮게 가라앉은 목소리로 말했다.

“저만이 천족을 알아볼 수 있으니까요.”

“……!”

“혹시 엘라륨이 무엇인지 아십니까?”

엘라륨이라면 일전에 마황에게서 들은 적 있었다. 정령계에서만 난다는 광물로, 특이하게 주변에 악한 마음을 품고 있는 자가 있으면 스스로 빛을 뿜어낸다고 하였다.

정령계에서도 쉽게 구할 수 없는 진귀한 것이라고 했는데, 그게 가르디엥에게 있다는 걸까?

“놀라시는 걸 보니 엘라륨이 무엇인지 알고 계신 듯합니다. 역시……!”

사소한 표징 하니히니에 의미를 두는 가르디엥 때문에

바율은 손사래를 쳤다.

"자세하게 알지는 못합니다. 단지 신기한 힘이 깃들어 있다는 얘기 정도만 우연히 들었을 뿐입니다. 그런데, 혹시 그것으로 천족을 알아볼 수 있다는 겁니까?"

천족은 여태 바율에게 반하는 행동만을 하고 있었다. 만약 그 모든 일을 벌여 온 천족이 그에게 접근한다면, 엘라륨은 분명 반응할 터였다.

"천족은 본인들의 흔적을 지우는 능력이 매우 뛰어납니다. 그래서 나쁜 짓을 저지르고도 요리조리 잘 피해 가지요. 남의 몸을 빌려서 정체를 숨기는 재능 또한 탁월한 종족입니다. 어찌 보면 악행을 행하기에 최적화되어 있다고도 볼 수 있겠군요."

"남의 몸을…… 빌린다고요?"

상상만으로도 끔찍했다. 그 말인즉슨 천족이 마음만 먹는다면 친구들의 몸에도 들어갈 수 있다는 뜻이질 않은가.

"순수한 영혼을 가진 자일수록 천족의 표적이 될 확률이 높습니다. 그럴 리는 없기를 바라지만, 어쩌면 이미 바율 님 곁에 놈이 그런 식으로 붙어 있을지도 모릅니다."

"그래서…… 절 지켜 주시겠다고 하신 거군요. 그 엘라륨이란 것으로."

"예. 바율 님은 정령계를 복원시키고자 이 세계에 오신 분입니다. 제게는 그런 바율 님을 무사히 지켜 내야 할 사명이 있습니다."

아까부터 느낀 건데 가르디엥은 천족뿐 아니라 바율에 대해서도 많은 것을 아는 눈치였다. 그가 정령사라는 건 익히 널리 알려진 사실이나, 정령계를 복원해야 한다는 부분은 그의 측근들만 아는 내용이었다.

"엘프는 정령계가 멸망하기 전, 정령들과 가장 밀접한 관계를 유지했다고 들었습니다. 아까 정령석을 거론하신 점도 그렇고, 혹시 엘프 일족에게 전대 정령왕들이 무언가 남긴 거라도 있는 겁니까?"

그래야지만 바율은 작금의 상황을 이해할 수 있을 것 같았다. 이 또한 전대 정령왕들의 안배라면 기꺼이 도움을 받을 준비가 되어 있었다.

"남겼다 뿐이겠습니까? 우리 엘프들은 이런 날이 오기만을 학수고대하며 살아왔습니다! 너무 오랜 시간이 지나 버린 탓에 잊은 자들도 더러 있긴 하지만, 정령계의 부활은 저희도 긴긴날 동안 꿈꿔 왔습니다. 그렇게만 된다면 이제 더 이상 지금처럼 숨어 살지 않아도 될 테니까요."

기록에는 엘프들이 어느 순간 인간계에서 모습을 감췄다고만 적혀 있었다. 그런데 방금 가르디엥의 말은 마치 무언가의 위협을 피하고자 어쩔 수 없었다는 것처럼 들려왔다.

그러고 보면 그는 조금 전, 편지가 도착한 것도 운이 좋았다고 말했었다. 천족이 그들의 만남을 알았다면 자신이 절대 이곳에 오지 못했을 거라고도 했다.

"혹시…… 천족 때문입니까? 그들 때문에 인간과 멀어지신 건가요?"

"…우리도 살아야 했으니까요."

"하면 정령계의 멸망도 천족의 짓이 맞습니까?"

이제껏 의심만 해 오던 것을 드디어 묻게 되었다.

그러나 바율은 묻고 있으면서도 이미 어느 정도 확신한 상태였다.

천족은 왜, 도대체 무슨 원한이 있어서 정령계를 멸망시킨 걸까.

그로 인해 어머니와 아버지가 만나시게 되긴 했으나, 정령계가 사라짐으로써 생긴 모든 피해는 인간계가 떠안았다. 쉬지 않고 일어나는 자연재해 때문에 지금 현재도 많은 이들이 죽어 나갔고, 산 자들 역시 고통 속에서 하루하루를 버티고 있었다.

설사 정령계를 다스리는 정령왕들이 그 어떤 엄청난 잘못을 저질렀다고 해도, 이처럼 인간계에 큰 영향을 끼치는 그들을 멸망에까지 이르게 한 것은 엄연히 천계의 실수이자 과오일 것이다.

그 무엇도 변명거리가 될 수 없었다.

"맞습니다. 더 정확하게는 주신의 아들, 엘레오스 때문이지요."

"엘레오스요?"

"모순적이게도 인간들에겐 자비의 신이라 불리고 있습니다. 혹 들어 보셨습니까?"

가르디엥은 냉소하며 증오심을 드러냈다.

"자비의 신, 엘레오스……."

잠시 그 이름을 중얼거리던 바율은 이내 고개를 끄덕거렸다. 당연히 알다마다. 천계의 신 중에서도 인간들에게 제일 큰 사랑을 받는 존재가 바로 자비의 신이었다.

엘레오스는 설령 자신을 믿지 않는 자일지라도, 모든 사람에게 공평하게 자비를 베푸는 선량한 신이라고 알려져 있었다.

한데 그런 그가 정령계를 멸망시킨 원흉이라고?

주신의 아들인 그가?

"이유가 무엇인지 아십니까?"

바율이 도통 모르겠다는 듯 머리를 가로젓자, 가르디엥이 한참을 머뭇거리다가 대꾸했다.

"질투 때문입니다."

"…뭐 때문이라고요?"

그에게서 튀어나온 어처구니없는 답변에 바율은 자기도 모르게 멍청한 표정으로 되물었다.

어떤 거창하고 합리적인 답을 기대했던 건 아니었다. 그무슨 이유를 대더라도 정령계의 멸망은 정당화할 수 없으니까.

하지만 적어도 이렇게 말도 안 되는 단어가 나올 거라고는 짐작하지 못한 것도 사실이었다.

"태초에 천계와 마계, 인간계, 그리고 정령계를 창조한건 주신이십니다. 그 주신께선 수많은 생명 중 천족만을 유일하게 본인의 자식이라 칭하며, 가장 많은 애정을 주셨지요. 그것만으로도 그들은 인간들에게 무한한 칭송을 받았습니다. 정작 인간들을 위해서는 아무것도 한 것이 없는데도 말이죠."

문제는 정령의 존재가 인간들에게 알려지면서 시작되었다.

"반면 정령들은 끊임없이 자연을 제어하고 조율하며 인간들에게 아낌없는 도움을 주었습니다. 어려운 일이 닥칠때마다 손수 나서 인간을 지켰지요. 거기에 우리 엘프도 미약하나마 힘을 조금 보탰습니다."

"그러니까 그 말씀은…… 정령들이 점점 인간들에게 인정을 받게 되자 천족이 질투를 했다는 뜻입니까?"

"감히 정령 따위가 존엄한 천족들만이 향유해야 할 가치를 빼앗아 갔다고 여긴 것이죠."

"단지 그 이유만으로 그랬다고요?"

바율은 도저히 납득할 수 없었다.

인간이라면 누구나 질투를 할 수 있었다. 그건 자연스러운 일이었다.

하지만 그들은 천족이었다. 더욱이 엘레오스는 무려 주신의 아들이며, 인간들에겐 자비의 신이라 불리는 자였다.

그를 자극할 만한 뭔가가 더 있지 않고서야 이건 말이 안되었다. 또 다른 어떤 계기가 없을 리 없었다.

"주신의 무조건적인 애정 아래 부족함을 모르고 사란 이들이 바로 천족입니다. 아마 그들로서는 자기들이 두 번째가 된다는 건 용납할 수 없는 일이었겠지요."

"고작 그런 이유로 이 사태를 만들었다는 게 가당키나 합니까? 주신께서는 그걸 알고도 가만히 두었다고요?"

"주신의 뜻까지는 저도 알지 못합니다. 다만 제가 아는 건, 여전히 천족은 주신이 가장 사랑하는 자식들이란 겁니다."

가르디엥의 말투에선 천족은 물론, 주신에 대한 신뢰 역시 느껴지지 않았다.

여태까시 들은 밀들을 종합헤 보면 아주 이해가 가지 않는 것도 아니었다. 결국 정령계가 멸망한 까닭은 인간들의 변심에 대한 천족의 질투 때문이었고, 그 모든 사건은 주신의 묵인하에 벌어졌다.

"태고의 신물."

창망한 얼굴을 하고 있던 바율은 문득 마황이 했던 말이 생각났다.

"정령계가 멸망한 이유가 태고의 신물을 모았기 때문이란 말을 들었습니다. 그건 무슨 의미죠?"

"태고의 신물은 주신이 내린 하사품입니다. 정령왕들이 그걸 모았다는 말씀입니까?"

가르디엥은 태고의 신물이 무엇인지는 알지만, 전대 정령왕들이 그것을 모았었다는 사실까지는 모르는 모양이었다.

"인간을 제일 사랑한 건 주신도 천신도 아닌 정령들이었습니다. 그 긴박한 순간에 본인의 힘을 덜어 정령석을 남긴 것만 보아도 알 수 있지요. 그들은 멸망 직전까지도 인간을 걱정했습니다."

가르디엥의 음색이 조금 침울해졌다.

"저도 정확히는 모르겠지만…… 아마도 태고의 신물로 인간계를 도우려 한 게 아닐까 짐작됩니다. 신물에는 저마다 큰 힘이 깃들어 있으니까요."

바율은 가르디엥의 말에 쉽게 수긍할 수 없었다. 바율이 마황에게서 처음 그 얘기를 들었던 당시의 분위기는 뭔가 다른 느낌이었다. 태고의 신물에 어떤 비밀이 숨겨져 있는 것 같았다고 해야 할까.

　분명 가르디엥은 모르는 무언가가 더 있을 터였다.

　"저는 갈수록 이해가 안 갑니다. 모든 걸 다 떠나서, 마지막까지 인간을 도우려 했던 그들의 노력을 칭찬하지는 못할지언정, 도리어 멸망에 이르게 방관하다니요? 정령도, 인간도 같은 주신의 피조물인데 어떻게 이럴 수가 있죠? 아니, 애초에 정령왕들은 왜 천계와 맞서 싸우지 않은 겁니까? 천족이 그렇게 강력한가요?"

　바율은 본인이 상당히 흥분했다는 것도 인지하지 못했다. 이젠 서서히 천족을 넘어 주신에 대한 분노까지 차올랐다.

　"천족은 강합니다. 실력을 비교해 보자면 마족이 훨씬 강하지만요."

　"마족이요? 왜죠?"

　"그야 그들은 끊임없이 서로를 견제하며 다투기 때문입니다. 여유롭고 태평한 천계에서 나고 자란 이들이 허구한 날 목숨을 걸고 싸워 대는 마족을 이길 순 없지요. 정령들 역시 같은 맥락으로 생각하시면 될 겁니다."

결론은 결코 정령이 천족보다 약하지 않다는 얘기였다.

별안간 스치는 생각에 바율의 이마에 파란 힘줄이 돋았다.

"주신의 뜻이로군요."

"⋯⋯."

"아끼는 아들이 잘못은 했지만, 그렇다고 차마 버리거나 내칠 수는 없었다. 그러니 그 잘못의 흔적 자체를 없애 버리겠다. 뭐, 그런 겁니까?"

바율은 단 한 번도 주신을 원망해 본 적이 없었다. 막연하나 정령계가 멸망한 것에도 어쩔 수 없는 이유가 있을 거라고 나름대로 생각해 왔다.

"천족에 대해 잘 아신다고 하셨죠?"

갑자기 전의가 솟구쳤다.

천족은 이미 과거에 벌였던 나쁜 짓을, 또다시 저지르려고 하고 있었다. 하지만 이번만큼은 놈들의 뜻대로 되지 않을 것이다.

그 알량한 자존심으로 인해 정령계가 멸망하고 인간계가 죽어 가고 있었다. 정녕 주신이 인간을 조금이라도 가엽게 여긴다면, 정령계의 부활을 막아선 안 되었다.

"혹시 그들에게도 약점이 있습니까?"

바율은 지켜 내고 싶었다. 소중한 이들과 함께 살아가고 있는 이 터전과 정령계에 홀로 계신 어머니를 위해서라도 천족과의 싸움은 피할 수 없는 선택이었다.

가르디엥은 눈앞의 작고 마른 소년을 지그시 응시했다.

엘프 일족에 전해 내려오는 구전대로라면 이 소년이야말로 인간계를 구할 유일한 인물이었다. 정화의 숲에서 나고 자란 그는 평생 오늘만을 기다려 왔다.

단단한 눈빛으로 자신을 향해 묻는 바율에게 가르디엥은 자신 있게 대답했다.

"물론입니다."

Chapter 9.
마족 vs 드래곤

1.

"아몬."

"예, 폐하."

"내 눈이 잘못된 건가? 왜 꼴랑 네 마리지?"

폭음을 듣고 달려 나온 마황은 데스와 대치 중인 드래곤의 수를 보고 잠시 어이를 상실했다.

"혹시 우리 지금 무시당한 건가?"

"그런 것 같지는 않습니다만…… 기분이 묘하기는 합니다."

"그렇지? 내가 있는 걸 뻔히 알면서도 저런 애송이들만 나타난 걸 보면, 드래곤 놈들이 전부 미쳤거나 제정신이 이닌 걸 거야."

둘 다 같은 말이었지만, 아몬은 구태여 지적하지 않았다.

마황은 현재 리타를 위험에 빠뜨렸다는 자책감 때문에 자신의 실수를 만회하겠다는 의지로 똘똘 뭉친 상태였다. 그런 상황에 그들을 상대하겠다며 등장한 드래곤이 고작 네 마리였다. 그것도 딱 봐도 어린놈들로만.

혈기 왕성한 젊은 녀석들이 덤빌 거란 예상을 하기는 했으나, 짐작했던 것보다도 떨어져 보이는 수준에 크루델리스는 심기가 매우 불편했다.

일라이와 친구들이 들었다면 참으로 기가 찬 얘기가 아닐 수 없었다. 대관절 어느 누가 드래곤을 보며 '꼴랑'이란 단어를 붙일 수 있겠는가.

그가 아무리 마계의 황제라 할지라도 광오한 말이었다.

"누가 나갈래?"

마황은 아예 팔짱을 낀 채 심드렁하니 수하들을 돌아보았다. 자신은 조용히 지켜볼 테니, 아무나 가서 저것들을 족치고 오라는 듯했다.

"제가 하겠습니다."

리타가 사라진 순간부터 이를 갈고 있던 바르였다. 그녀를 납치한 건 천족의 짓이었지만, 바르에게 그건 그리 중요하지 않았다.

리타가 무사히 돌아왔다고 해서 그의 분노가 완전히 사그라졌다고 생각하면 오산이었다. 오히려 화를 풀지 못해서 당장 뭐라도 부숴야 할 판이었다.

물론 상대가 천족이었다면 그의 사기가 더욱 끓어올랐겠지만 말이다.

"형님은 파란 놈과 녹색 놈을 상대하시죠. 나머지 둘은 제가 맡겠습니다."

아고스가 준비 운동이라도 하듯 갑자기 팔다리를 쭉쭉 펴 댔다. 허공에 떠 있는 드래곤들을 향한 그의 눈빛은 형형하다 못해 눈이 부실 지경이었다.

"나 혼자서도 충분한데?"

"속전속결 모르십니까?"

여기서야 아고스가 서열 꼴찌지만, 그는 명색이 전쟁의 신이었다. 자고로 어떤 전투이든 빠르고 간결하게 승부를 보는 것이 여러모로 이득이었다.

"네 속셈 모를 줄 알고?"

"……."

바르가 쯧, 혀를 차며 빈정거렸다. 마계에서 자주 미쳐 날뛰던 놈이 인간계에서 이토록 얌전히 지냈으니 쌓인 짜증 지수가 아마 어마어마할 것이다. 녀석은 분명 작금의 사태를 핑계 삼아, 긴민에 몸을 풀 심신이었다.

"어쨌든 좋다. 저 흑백 놈들은 네가 알아서 처리하도록."

바르의 허락에 아고스의 입가가 히죽 말려 올라갔다.

"하나라도 죽이면 안 됩니다."

그때 아몬이 둘에게 경고했다.

"우리는 인간을 구하기 위해 불가피한 상황이었다는 점, 그리고 드래곤과의 전투에 있어서는 어디까지나 정당방위를 내세워야 한다는 점 잊지 마십시오."

마족과 드래곤은 조약이 맺어진 사이였다. 이제껏 마족들이 인간계에 머물 수 있었던 건 그 조약을 잘 지켜 왔기 때문이다.

하지만 천족이 끼어듦으로써 엄청난 마기가 방출되었고, 결국 드래곤을 불러들였다. 무조건 당할 수만은 없으니 일단 그들을 상대해야 했지만, 그래도 최소한 나중에 해야 할 말은 있어야 했다.

"데스보고 얼른 빠지라고 해."

데스는 마계의 총사령관이다. 애송이 드래곤 네 마리를 해치우는 건 그에게 일도 아니란 뜻이었다.

더욱이 지금 그는 리타 일로 잔뜩 화가 나 있었다. 녀석에게 사태 해결을 일임했다간 무슨 일이 터질지 몰랐다.

마황의 명령에 바르와 아고스가 지체하지 않고 공중으로

날아올랐다.

"저는 뒤에서 돕도록 하겠습니다."

랑트를 지키라는 데스의 엄명이 있기도 했지만, 안 그래도 아몬은 바율과 정령들이 애써서 만든 이곳이 망가지길 원하지 않았다.

아몬의 얼굴에 어떤 결의가 피어올랐다. 그가 마황에게 예를 갖춰 인사하고는 이내 획 사라졌다.

2.

"기껏 온 게 네놈들이냐?"

리타와 에피를 안전하게 방에 내려놓자마자 데스는 곧바로 다시 밖으로 이동했다. 그런 그를 맞이한 건 아름다운 미모의 청년들이었다.

남자 둘에 여자 둘로 구성된 그들은 저마다 화려한 차림새를 자랑했다. 굳이 물을 필요 없이, 생김새만으로도 넷의 정체는 충분히 짐작이 가능했다.

남자는 블루와 블랙 드래곤이었고, 여자는 각각 그린, 화이트 드래곤이었다.

네스를 마주한 그들은 미치 이런 날이 오기를 학수고대

라도 한 듯 꽤 흥분한 모습이었다. 그래서인지 데스의 이죽거림은 듣지도 못한 것 같았다.

그도 그럴 게, 이들은 마황의 평대로 이제 갓 헤츨링을 벗어난 애송이들이었다.

드디어 성룡이 되었다는 기쁨에 사로잡힌 그들 앞에, 악한 마족들이 턱 나타난 셈이다. 마족으로부터 인간계를 지켜 내야 한다는 사명감에 도취된 그들은 데스가 누군지는 안중에도 없었다. 오로지 드래곤의 책임을 다해야 한다는 일념뿐이었다.

그런 상대의 꼬락서니에 데스가 진지하게 전부 죽여 버릴까 고민하던 찰나였다. 기실 그는 마황의 추측대로 매우 열이 받은 상태였다. 후일 같은 건 생각나지도 않았다.

"형님."

"여기는 저희가 맡겠습니다."

바르와 아고스가 약속이라도 한 듯 그의 앞을 막아섰다.

"뭔데? 비켜."

"폐하의 명이십니다."

"난 마계 총사령관이야."

"그러니 뒤를 지켜 주셔야지요."

"뒤?"

"설마 이런 허접한 놈들이 다겠습니까?"

아고스가 한쪽 손에는 검을, 다른 쪽에는 창을 꺼내 들었다. 그의 등에는 방패가 메여 있었지만, 지금 당장은 필요 없을 듯했다.

"듣고 보니 그렇군."

정작 드래곤 로드인 라예가르가 오지 않은 것도 이상한 일이었다. 자신들 때문에 원로원이 시끌시끌하던 일라이의 말이 떠오르자 데스는 군소리 없이 물러났다.

"거기 파랑이랑 초록! 너희 둘은 이리로!"

바르는 아고스와 얘기한 대로 블루와 그린 드래곤을 맡았다. 그가 부하라도 부르듯 손가락을 까딱이자 블루 드래곤, 프리에토가 피식 웃음을 삼키고는 폴리모프를 풀며 우람한 몸체를 드러냈다.

"크르르르!"

성룡이 되면서 한층 더 커진 육체였다. 그만큼 그의 자신감도 배가되었다.

건방진 마계 놈!

감히 먼저 날 도발했겠다?

성룡의 위력이 무엇인지 보여 주지.

프리에토의 가슴이 한순간에 풍선처럼 거대하게 부풀어 올랐다. 녀석은 망설이지 않고 바르를 향해 곧장 아가리를 쩍 벌렸다.

쿠하아아앙!

새하얀 얼음이 낀, 냉기 서린 브레스가 프리에토에게서 뿜어져 나왔다. 랑트의 날씨 탓인지 흡사 눈보라를 연상시켰다.

"귀엽군."

블루 드래곤의 브레스라면 이미 일전에 세라리카로 인해 경험한 바가 있었다. 바르는 가소로운 표정으로 빠르게 자리를 벗어났다. 아니, 벗어나려 했다.

"어라, 잠깐."

그는 멈칫하고 몸을 세웠다. 뒤를 흘깃거리는 모양새가 자신이 아닌 다른 무언가를 걱정하는 기색이었다.

"몸빵은 내 체질이 아닌데."

투덜대는 말투와 달리 바르의 마력은 어느새 브레스로부터 도시를 보호하기 위한 형태로 바뀌고 있었다.

"쓸데없는 데 신경 쓰지 마시고, 얼른 때려잡기나 하십시오."

아몬이 예고도 없이 툭 튀어나온 것은 그때였다.

"갑자기 뭐야?"

바르가 황당하다는 듯 쳐다보았지만, 아몬은 특유의 무감한 얼굴로 눈을 감은 채 마력에 집중했다. 그러자 별안간 땅이 울기 시작했다.

쿠르르릉!

지진이라도 난 듯 일대가 들썩거리는가 싶더니, 삽시간에 엄청난 높이의 토벽이 팔레스 호텔을 중심으로 솟구쳤다.

콰과과쾅!

그 토벽과 브레스가 충돌하는 순간, 더 큰 지진이라도 난 것처럼 지대가 흔들렸다. 그러나 충격으로 부서진 토벽은 금세 빠르게 복구되었다.

"리타 양이 기다리고 있습니다. 서둘러 끝내십시오."

뒤는 자신이 맡겠다는 의미였다.

"스승님을 기다리게 할 수는 없시!"

그러자 곧장 바르에게서 마기가 폭사되었다. 그 마기는 상대가 아닌 바닥으로 스며들었다.

푸욱! 푸욱!

하얀 눈으로 뒤덮여 있던 땅이 순식간에 검게 물들었다. 그리고 어둡게 변한 그곳에서부터 수십 마리의 가고일이 튕기듯 튀어 올랐다.

"크르르르!"

"카르르르!"

바르의 정식 이름은 바르바토스, 마계 공식 서열 10위의 대미족이었다. 인간계에선 그리 유명하진 않지만, 그는 암흑의 신이자 마수를 부리는 자였다.

마계에서 소환된 가고일들이 스치기만 해도 베일 듯 날카로운 날개를 펼치며 밤하늘로 솟구쳐 날아올랐다.

"꺄하하학!"

그리고 그들은 이내 블루 드래곤을 목표로 개떼처럼 달려들었다.

쿠하아아아앙!

프리에토는 같잖다는 듯 드래곤의 날개를 펄럭였다. 한기를 품은 그의 날갯짓에 가장 가까이 다가갔던 가고일들이 얼어붙은 채 땅으로 추락했다.

"끼아아악!"

반면 살아남은 가고일들은 오히려 더욱 뾰족한 울음을 토하며 집요하게 프리에토를 공격했다.

"자고로 다구리에는 장사 없는 법이지."

바르에게서 다시금 검은 기운이 새어 나왔다. 그것은 재차 지면을 검게 물들였고, 이번엔 무려 수천 마리의 가고일을 불러들였다.

당황한 프리에토는 연신 브레스를 날리며 방어했지만, 애초에 그 많은 수를 상대로 피하지 않은 것이 잘못이었다. 가고일과 같은 작은 마수를 상대할 땐 오히려 거대한 몸체가 걸리적거릴 수밖에 없었다.

쿠아아앙!

가고일만으로 드래곤의 단단한 몸통에 치명적인 상처를 만들 순 없었으나, 온몸이 뜯기는 통증만큼은 프리에토를 미치게 하기에 충분했다.

그가 비명을 지르며 고통에 몸부림을 쳐 댔다.

3.

"와아!"

팔레즈 호텔의 옥상에서 마족과 드래곤 산의 설두를 지켜보고 있던 에이단은 심각한 상황도 잊은 채 그저 감탄했다.

바르가 자신과 같은 테이머임을 알고는 있었지만, 그저 머리로 인지만 하는 것과 직접 테이밍 하는 걸 보는 건 천지 차이였다.

마계의 마수를 자유자재로 조종하는 그의 모습은 에이단에게 새삼 새롭고도 대단하게 느껴졌다.

"말도 안 돼……."

그런 에이단의 옆에서 일라이는 다른 의미로 놀라고 있었다.

드래곤이었다. 심지어 아직 헤츨링인 자신과는 비교할 수 없을 만큼 강한 성룡들이었다. 그런 그들이 너무나 쉽게 당하고 있었다.

이건 싸움이 아니라 거의 농락이었다.

프리에토를 시작으로 그린 드래곤과 블랙, 화이트가 차례대로 쓰러져 가는 광경을 고스란히 목격하며 일라이는 자신이 알던 세계가 무너지는 듯한 충격에 빠졌다.

"라나사!"

팔레즈 호텔의 옥상 문이 열리며 아이작이 뛰어 들어온 것은 그때였다.

갑작스럽게 호텔을 둘러싼 주변 땅이 솟아올랐다. 조카 세드릭을 급히 아내에게 맡기고 상황을 살피러 온 그는 레스토랑에 있어야 할 아이들이 이곳에 있는 것을 발견하고 심장이 덜컹했다.

랑트에 남아 있던 만월 기사단과 칠흑의 기사단이 그런 아이작의 뒤를 따라 들어왔다.

"형! 누나!"

저녁 식사보다 방에서 빈둥거리기를 택했던 라피트 역시 그 무리에 끼어 있었다.

"이게 대체 무슨……!"

허겁지겁하던 그들은 다 같이 약속이라도 한 듯 넋을 잃었다. 아무 말도 떠오르지가 않았다. 거대한 폭음에 놀라 달려오긴 했지만, 그 누구도 이런 광경을 예상하지 못했다.

난데없이 랑트의 밤하늘에 등장한 블루 드래곤은 무엇이며, 그 드래곤과 싸우는 이는 또 누구인지 당황과 놀라움을 넘어서 혼란이 그들을 집어삼켰다. 혹시 지금 꿈을 꾸는 건가 싶었다.

"금방 끝날 테니 너무 염려 마시게."

어느 틈에 다가왔는지 마황이 태평하게 뒷짐을 진 채 사람들을 달랬다. 그러나 그의 진짜 정체를 모르는 이들에겐 전혀 위로도, 안심도 되지 않는 말이었다.

"힐튼, 넌 당장 해밀턴으로 가서 공작 전하께 이 상황을 알려라. 랑트에 드래곤이…… 아니다! 내가 데이지를 타고 직접 다녀오는 편이 더 빠르겠다."

드래곤과 맞서 싸우는 이가 누구인가를 알아내는 건 그리 시급한 일이 아니었다. 그보다 더 중요한 것은 이 사태를 서둘러 란데르트 공작에게 전해야 한다는 점이었다.

그러기 위해서는 본인이 움직이는 편이 더 낫겠다고 아이작은 판단했다. 다행히 지금은 밤이었고, 데이지의 속도라면 금방 돌아올 수 있었다.

"아니요, 아버지. 그러실 필요 없어요."

급하게 떠나려는 아이작을 리니시가 붙잡았다.

"공작 전하께 알려야 하는 것은 맞지만, 보시다시피 그렇게 위험한 상황은 아닙니다."

"라나사, 그게 무슨 소리냐? 저 블루 드래곤의 공격을 막을 분은 공작 전하뿐이시다! 나와 여기 남은 단원들만으로는 어림도 없단 말이다! 속히 공작 전하와 나머지 단원들을 불러와야 한다!"

수많은 목숨이 걸렸다. 지금까지는 어찌어찌 운이 좋아 별다른 피해가 없었지만, 곧 어떤 일이 벌어질지는 아무도 장담할 수 없었다.

"게다가 화려한 행색을 한 저들 역시 수상하다! 갑자기 왜 마법사들이 단체로 나타났는지 모르겠구나."

아이작은 블루 드래곤 프리에토와 달리, 아직 인간의 형태를 하고 있는 나머지 드래곤들을 마법사라고 오해했다. 하늘에 붕 떠 있는 데다가 마법들이 오가고 있으니 그가 할 수 있는 당연한 생각이었다.

"성질 급한 게 딸이랑 똑같군."

"데스!"

그때 허공에서 들려온 목소리에 무심코 고개를 치든 에이단은 마치 구세주라도 만난 양 반색했다.

데스는 숙소에서 깊이 잠든 리타의 모습을 재차 확인하고 돌아오는 길이었다. 혹시 몰라서 방어 결계까지 촘촘히

쳐 놓았다. 만약 천족이 또다시 꾀를 부려 접근해 온다면 이번에는 틀림없이 그의 덫에 걸리게 될 터였다.

"리타와 에피는 안전한 거죠?"

에이단에게 제대로 된 설명을 듣지 못한 라나사는 데스에게 둘의 안부부터 물었다. 데스가 걱정하지 말라는 듯 고개를 한 번 주억이자, 그제야 그녀가 한시름 놓으며 안도했다.

"라나사, 이자를 아느냐?"

아이작은 여태 데스를 바율의 호위 기사 정도로 알고 있었다. 하는 일을 보면 기사라기보다 하인에 가까워 보였지만, 그래도 란데르트 공작이 그를 아들 곁에 둔 이유가 있을 거라고 나름대로 여겨왔다.

그런데 날개라도 달린 양 공중에서 흔들림도 없이 서서히 아래로 내려오는 그를 보자니, 단순한 호위 기사 이상의 존재임을 직감했다.

그러고 보니 파란 드래곤, 그리고 정체불명의 마법사들과 사투를 벌이는 이들이 어쩐지 하나같이 낯이 익었다. 자주 보지는 못했지만, 분명 오다가다 부딪친 적이 있는 얼굴들이었다.

"제가 대신 말씀드리겠습니다."

라나사도 데스가 마족이라는 걸 이제 막 알았다. 심지어 친하게 지내던 일라이가 드래곤이란 사실도 조금 전에 들었다. 혼란스럽기는 그녀도 마찬가지란 소리였다.

해서 어디서부터 뭘 어떻게 얘기해야 할까 고민하는데, 고맙게도 로건이 먼저 나서 주었다.

그의 설명이 길어질수록 아이작과 라피트는 물론, 진실을 모르고 있던 만월 기사단과 칠흑의 기사단 단원들의 안색이 시시각각 변했다.

그사이에 드래곤과 마족의 결투는 점점 끝으로 치달아 가고 있었다.

4.

"이런 바보 같은!"

하찮은 마수 따위 하나 이겨 내지 못하고 버둥거리는 프리에토를 보며 그린 드래곤, 와일리어스는 인상을 와락 찌푸렸다.

근래 들어 다른 성룡들보다도 유난히 커진 몸체를 그렇게 자랑해 대더니만, 아주 꼴좋게 되었다. 이곳에 뜻이 맞아 같이 오긴 했어도, 와일리어스는 평소 행실이 가벼운 프리에토를 못마땅하게 여겼다.

그러나 지금은 그런 감정과는 별개로 힘을 모아야 할 때였다. 드래곤이 마족에게 밀린다는 건 그녀의 자존심이 허락하지 않았다.

"수백이든 수천 마리든 내가 다 상대해 주지."

그리 말한 와일리어스에게서 짙은 청록 빛깔의 연기가 스멀스멀 흘러나왔다. 고운 색채와 달리 지독한 향기를 품은 그것은 곧 프리에토를 공격하는 가고일들을 덮쳤다.

사아아악!

그러자 별안간 가고일들의 몸이 흡사 빗물에 쓸린 진흙이라도 된 듯 맥없이 주르르 흘러내렸다.

그린 드래곤은 온몸이 독으로 이루어졌다는 말이 있을 정도로 강한 독성을 품고 있는 일족이었다. 그녀가 내뿜은 연기에는 인간이라면 한순간에 즉사하고도 남을 만한 독한 산성이 담겨 있었다.

"크르르르!"

"카르르르!"

하지만 어찌된 연유일까.

그녀의 생각대로라면 진즉 녹아서 없어져야 할 가고일들은 피부가 삭아 더욱 흉측하게 변했을지언정, 버젓이 날개를 퍼덕이며 공격을 멈추지 않았다.

단 한 마리도 땅으로 추락하지 않았다. 오히려 가고일들은 눈알을 번뜩이며 와일리어스를 노려보았다.

"누가 바보인 줄 모르겠군."

바르는 이제 웃음이 나올 지경이었다.

"온몸이 돌로 만들어진 가고일에게 독이라니. 아무리 어려도 그렇지, 아둔하기가 정말 이루 말할 수가 없어."

물론 한낱 가고일이 드래곤의 독성을 견딜 수 있는 것은 바르의 마력이 깃든 탓이었다. 하지만 아무리 그렇다 하더라도, 돌의 일반적인 특징을 생각해 보면 어리석은 행동임이 틀림없었다.

경험 부족에서 온 실수이겠지만, 만일 자신의 부하가 저 따위 짓을 했다면 이유 여하를 막론하고 숨이 넘어가기 직전까지 흠씬 두들겨 팼을 것이다.

다른 마수들은 부를 필요조차 없었다. 한심한 애송이 드래곤 둘을 처리하는 데는 가고일만으로도 차고 넘쳤다.

"까아아아학!"

바르의 시선이 그린 드래곤에게로 향하자, 끈질기게 프리에토에게 달라붙어 있던 가고일 중 일부가 와일리어스에게로 달려들었다.

고막을 찢을 듯한 비명이 하나 더 추가되었다.

"네놈들…… 정체가 뭐지?"

프리에토의 성급함은 도리어 동료들에게 작게나마 경각

심을 갖게 하였다.

파지직! 파지직!

마족이라고 무조건 우습게 보았던 처음과 달리, 블랙 드래곤 예일츠는 손에 불꽃을 쥐고도 쉬이 덤비지 못했다.

뇌전의 드래곤이라고도 불리는 블랙 드래곤은 번개를 마음껏 주무를 수 있는 능력이 있었다. 그의 손아귀에서 연신 치지직 전류가 생성되었다.

"이제 와서 그게 궁금해?"

아고스는 장난이라도 치듯 양손으로 검과 창을 빙글빙글 돌렸다.

"함부로 까분 거 잘못했어요, 해 봐. 그럼 알려 줄게."

아고스의 명백한 비웃음에 예일츠의 눈매가 일순 싸늘하게 가라앉았다.

"왜, 싫어?"

예일츠는 그제야 대화가 되지 않을 상대라는 걸 깨달았다. 역시 마족은 어쩔 수 없다는 양 그가 얼굴을 굳히더니, 뒤로 훌쩍 물러나며 아고스를 향해 힘껏 번개를 날렸다.

콰과광!

"어린놈의 새끼가 어른이 묻는데 대답은 안 하고, 다짜고짜 벼락을 날려?"

아고스는 자신의 머리 위로 날아오는 선기 넝어리를 보

면서도 피하지 않았다.

그의 무식함에 예일츠는 코웃음을 쳤다. 저걸 맨몸으로 맞았다가는 정신을 잃을 게 분명했기 때문이다. 당황한 자신을 보고 꽤 만만히 여긴 모양이었다.

놈의 꼴이 어떻게 변할지 자못 기대가 된다.

그러나 변한 것은 아무것도 없었다.

틀림없이 놈의 머리에 번개가 꽂히는 걸 보았는데, 이게 어찌 된 영문인지 알 수가 없었다.

당혹스러워하는 예일츠의 표정을 보며 아고스는 씨익 웃었다.

"자, 그럼 이제 내 차례인가?"

아, 이게 얼마만의 운동이란 말인가!

아고스는 새삼 감격에 벅찼지만, 더 늑장을 부릴 순 없었다. 그랬다간 바르에게 놀잇감(?)을 뺏길지도 몰랐다.

스스스.

아고스의 전신에서 시커먼 마기가 풀풀 새어 나왔다. 그의 신형이 삽시간에 드래곤의 몸체처럼 거대해졌다.

하지만 그건 착시 현상일 뿐이었다. 아고스의 몸은 커진 게 아니라, 예일츠가 인지하지 못할 정도로 빠르게 날아와 가까워진 것이었다.

그리고 그의 검이 베어지는 속도는 그보다 더욱 빨랐다.

쇄애애액—

예일츠는 자신에게 무슨 일이 일어나는지도 몰랐다. 그가 통증을 느꼈을 땐, 이미 가슴에서 피가 솟구치고 있었다.

서걱거리는 섬뜩한 소리가 뒤늦게 그의 심기를 거슬렸다. 이처럼 쉽게 몸을 내주었다는 것에 예일츠는 충격과 함께 생애 처음 공포심을 가졌다.

수치스러움에 얼굴마저 화끈거렸다.

예일츠는 고통을 참으며 다시 한번 더 전격을 때렸다.

콰과광!

"이런 건 나한테 안 통한다니까."

아고스는 전쟁의 신이었다. 수천, 수만 번의 전투를 치르며 그가 하나 얻은 것이 있다면, 맷집이었다. 이제 갓 성룡이 된 블랙 드래곤의 번개는 그에겐 그저 고양이가 귀엽게 할퀴는 수준이었다.

쑤아아앙!

아고스의 창이 예일츠의 복부를 겨냥하며 날아갔다. 그의 몸통이 꿰뚫리는 찰나.

"끼아아아악!"

귀가 뜯겨 나갈 듯한 고성이 장내를 울렸다. 어느새 드래곤의 본제로 변신한 화이트 드래곤이 아고스를 향해 브레스를 날린 것이다.

"뒤통수를 갈기시겠다?"

아고스는 히죽거리며 아예 그 브레스 범위 안으로 뛰어들었다. 화이트 드래곤의 브레스 속성은 무형의 성질, 바람과 같은 음파 공격이었다.

"하앗!"

그가 여유롭게 검을 휘두르자, 마치 수십 자루의 검이 살아 움직이는 듯한 느낌과 함께 파란 불꽃이 일며 화이트 드래곤의 기운을 튕겨 냈다.

드래곤이 가장 약해지는 순간은 브레스를 다 뿜어내고 난 직후였다.

팟!

브레스가 멈추자마자 아고스가 날아올랐다. 그의 검 끝이 향하는 곳은 화이트 드래곤의 눈과 눈 사이에 난 뾰족한 뿔. 아고스는 그것을 일체의 망설임도 없이 잘라 냈다.

쿠하아아앙!

이제껏 들어 보지 못한 괴성이 화이트 드래곤에게서 터졌다.

"⋯⋯!"

그와 동시에 일라이는 돌연 등줄기가 서늘해졌다.

그녀다.

먼발치지만 분명하게 느낄 수 있었다.

고룡이자, 원로원에서 가장 입김이 센 여인.

누구보다 그를 세상에서 지워 버리고 싶어 하는 존재.

차기 로드로 거론되는 골드 드래곤, 샬라메의 등장이었다.

〈다음 권에 계속〉

Chapter 10.
특별 외전
: 공작님이 사랑에 빠졌어요 2

1.

제국이 발칵 뒤집혔다. 놀라운 무력으로 망해 가는 조국을 수렁에서 건져 올린 란데르트 백작이, 웬 평민 여인과 사랑에 빠졌다는 소문이 제국을 강타한 것이다.

귀족들은 믿을 수가 없었다. 특히 란데르트 백작을 남몰래 흠모하고 있던 수많은 여인들은 소식을 듣자마자 사실이 아닐 거라며 현실을 부정했다.

제국의 사교계에는 '일등 신랑감'과 '일등 신붓감'이 존재한다. 그것을 결정하는 데 가장 중요한 기준은 그들이 속한 가문이었고, 그다음으로 능력과 외모, 평판 순이었다.

하지만 세상에는 완벽한 사람이 없다는 말처럼, 위에 거론한 조건들을 모두 갖춘 이를 찾기란 드물었다.

제일 중요한 요건인 배경만 받쳐 준다면, 개중 한두 가지 정도는 빠져도 충분하다고 여기는 게 사교계의 통념이었다.

하물며 그럴진대 란데르트 백작은 이 전부를 가진 것도 모자라서 무려 훌륭한 품격과 인성까지 지닌, 한마디로 완전무결에 가까운 사내였다.

대륙의 유일무이한 마에스터의 경지에 올랐으니 능력은 말할 것도 없고, 처음 마주하면 누구나 넋을 잃을 만큼 잘생긴 데다, 훤칠한 키에 매끈하고 탄탄한 몸매의 소유자이기도 했다. 심지어 걸음걸이며 고개를 돌리는 단순한 동작조차 기품과 우아함이 넘쳤다.

도통 웃지를 않아서 냉미남이란 별명으로 불리기도 하는 그는 평소 말수가 적고 무뚝뚝해서 접근하기가 어렵긴 해도, 막상 대화를 나누면 언제나 깍듯하고 신사적이었다. 다른 사내들처럼 지저분하게 추파를 던진다거나 치근거리지도 않았다.

오히려 백작을 꾀기 위해 그간 숱한 여인들이 갖은 방법을 동원해서 그의 여자가 되기를 바랐지만, 성공한 사례가 단 한 번도 없었다.

란데르트 백작으로서는 그저 관심이 가는 사람이 없어서 였는데, 그로 인해 예기치 않게 금욕적인 사내로 분류되어 뭇 여성들의 도전 의식에 불을 지르기도 했다.

그랬던 그에게 갑자기 연인이 생겼다고 하니, 난리가 난 것은 어찌 보면 너무나 당연한 결과였다.

실연의 아픔에 통곡하는 여인이 있는가 하면, 식음을 전 폐하고 아예 몸져누운 이들도 있었다.

그러나 대다수는 이베트의 존재를 눈으로 직접 확인하기 전까지는 절대 믿을 수 없다는 입장을 고수했다. 그 때문에 하루에도 수십 통의 초대장이 황도의 백작저로 빗발치듯 날아왔다.

정녕 소문이 사실이라면 그녀를 어서 내보이라는 협박과 도 같은 나날이었다.

물론 란데르트 백작은 눈 하나 깜짝하지 않았다. 그는 아 직 전시라는 것을 핑계로 모든 초대를 거절했다.

아무에게도 말하지 않았지만, 그는 솔직히 이베트를 세 상에 보여 주고 싶지 않았다. 지금까지도 이미 엄청난 인내 심을 발휘한 상태였다.

이베트를 독점하고 싶은 그의 욕심은 갈수록 커져만 갔 고, 무도회에서 그녀를 향해 쏟아질 사내들의 시선만 생각 하면 벌써부터 부아가 치솟았다.

하지만 며칠째 계속되는 리암의 청에 결국 그는 승낙할 수밖에 없었다.

이베트를 처음 마주하고 그녀는 절대로 안 된다며 극구 반대했던 리암은, 강경한 형의 태도에 어쩔 수 없이 받아들여야만 했다. 그렇지 않으면 동생인 그도 보지 않겠다는데 그가 무슨 수로 막을 수 있겠는가.

대신 리암은 많은 귀족들이 궁금해하니 한 번쯤은 그녀와 함께 무도회에 참석할 것을 권했다. 그것이 미래의 형수님에 대한 안 좋은 소문을 불식시킬 수도 있을 거라는 솔깃한 말과 함께.

실제로 이베트를 만나면 대부분의 귀족들이 생각을 달리할 것이라고 그는 장담했다.

그녀는 본인의 이름조차 기억하지 못하는 산골 출신의 여인이었지만, 애초에 그 사실을 모르고 보았다면 어느 고명한 가문의 귀한 여식이라고 오해하고도 남을 법했다.

꼭 아름다운 외모 때문만은 아니었다.

그녀가 상대를 바라보는 시선, 대하는 말투, 몸에 밴 행동과 풍기는 분위기까지 전부 예사롭지 않았다.

리암이 그랬듯, 분명 다들 그녀를 실제로 보고 나면 여태 껏 떠들어 댄 것과는 다르게 평가할 거라고 자신했다.

제국의 황도는 다행히 전란에 휩쓸리지 않은 덕에 전쟁

중임에도 불구하고 무도회가 쉬지 않고 열렸다. 가족을 전쟁터에 보낸 귀족들을 위로한다는 명목에서였다.

란데르트 백작은 동생의 추천으로 이베트를 대동한 채한 무도회장에 참석했고, 그들을 보기 위해 유례없는 인파가 몰려들었다.

파티는 그것만으로도 대성공이었다. 주최자인 맥헤일 백작 부인은 '이게 웬 횡재냐' 속으로 비명을 지르며 백작과그의 여인을 환대했다.

이베트에 대한 소문은 이미 황도에만 수만 가지가 떠돌아다니고 있었다. 그중 가장 유력한 설이, 백작이 한눈에반했을 만큼 대단한 미녀라는 것이었다.

그녀가 파티장에 첫발을 들인 순간, 커다란 홀 전체가 찬물을 끼얹은 듯 고요해졌다. 상상했던 것보다도 훨씬 더 아름다운 그녀의 외모에 남녀 할 것 없이 모두가 정신을 놓았다. 악단의 연주자들도 사정은 비슷해서 음악이 멈추는 사태까지 벌어졌다.

뽀얀 어깨가 드러난 디자인의 베이지색 드레스를 곱게차려입은 이베트의 모습은 흡사 천상의 여신이 강림이라도한 듯한 착각마저 일으켰다.

늘 별다른 꾸밈 없이 길게 늘어뜨리고 있던 머리칼을 단정히게 뮤어 머리 위에 고정히지 그녀의 길고 기느디린 목이 강조되었다. 그 가녀린 목에 감긴 푸른색 물방울을 연상시키는 펜던트가 단숨에 이목을 집중시켰다.

꿀꺽.

남성들의 목울대가 불편하게 꿈틀대는 것이 란데르트 백작의 시야에 고스란히 들어왔다. 그의 미간에 미약한 균열이 일어났다. 두 눈은 어느 때보다 차갑게 가라앉았다.

"춤출까요?"

그러나 이베트를 향한 백작의 말투는 눈빛과 달리 한없이 부드럽고 자상했다.

오늘은 이베트의 첫 사교계 무대였다. 그녀가 내심 기대하고 있었다는 걸 알고 있다. 되도록 좋은 기억만 심어 주고 싶었다.

"제가 백작님의 발을 밟으면 어떡하죠?"

이베트는 무도회에 참석하기 전부터 그게 걱정이었다. 춤을 춰 본 적이 없는 탓이다.

"날 걱정하는 겁니까? 그 발에 밟혀 쓰러지기라도 할까 봐서?"

이베트의 귀여운 염려에 백작은 자기도 모르게 미소가 지어졌다.

"그건 아니지만…… 아프실 것 같아서요."

"그대의 몸은 새털처럼 가벼우니 괜찮습니다. 열 번, 스무 번을 밟아도 끄떡없으니 걱정 말아요."

란데르트 백작은 상냥한 말로 그녀를 안심시키며 손을
내밀었다. 이베트가 수줍게 웃으며 그 손을 맞잡았고, 둘은
플로어로 나가 곧 춤을 추었다.

"마, 말도 안 돼."

"백작님이 웃으셨어……."

"저, 저런 표정은 처음이야."

여인들이 받은 충격은 가히 엄청났다. 란데르트 백작은
여태 누구와도 손을 잡고 춤을 춘 일이 없었다.

뿐인가.

저리 다정한 눈빛으로 여인을 바라본 적도 없었다. 이베
트의 가는 허리에 손을 감고 노련하게 이끄는 백작의 눈에
서는 꿀이 뚝뚝 떨어지는 듯했다. 마치 귀한 보물이라도 다
루는 것처럼, 몸짓 하나하나에서 무한한 애정이 느껴졌다.

"내가 헛것을 보는 게 분명해."

"어, 어떻게 저따위 천한 신분의 여자가……!"

"맞아요! 저 여자, 평민이라고 했죠?"

이베트의 압도적인 분위기에 그녀의 신분조차 망각하고
있었다. 누군가 입에 담은 '평민'이란 단어에 서서히 반감
섞인 목소리가 늘어갔다.

"완전 시골 촌구석 출신이라면서요?"

"감히 근본도 모르는 게, 얼굴 하나 믿고 나대는 꼴이라니!"

"역겨워서 더는 봐줄 수가 없군요."

"백작님께선 어디서 저런 여자를 데려오신 건지!"

"…제 눈에는 마녀 같아요."

"마녀요?"

"마족과 손잡은 마녀가 백작님을 잡아먹기 위해서 접근했을지도 모르잖아요! 검술밖에 모르는 순진하신 분이 마녀의 꾐에 넘어간 게 틀림없어요!"

급기야 이런 근거 없는 말을 내뱉는 무리까지 생겨났다.

질투에 눈이 멀면 이성적인 사고가 불가능하다고 하였다. 처음엔 이베트의 범상치 않은 등장을 넋 놓고 보기 바빴던 많은 여인들이 이제는 증오 서린 눈빛으로 노려보고 있었다.

한 차례 악단의 연주가 끝이 나고, 란데르트 백작은 잠시 남자들과의 시간을 가졌다. 이베트를 혼자 두기가 불안했지만, 맥헤일 백작 부인이 자신만 믿으라며 눈을 찡긋거리고는 이베트를 데려갔다. 그러자 기다렸다는 듯 그녀의 주위로 여인들이 몰려들었다.

초반엔 통성명을 나누며 화기애애한 이야기가 주를 이루

는 듯했다. 하지만 오늘 파티의 주최자인 맥헤일 부인이 새로운 손님으로 인해 잠깐 자리를 비우게 되자 날카로운 질문들이 쏟아졌다.

"란데르트 백작님을 산골 마을에서 만났다는 게 진짜인가요?"

이미 파다하게 퍼진 얘기인데도 이베트의 확인을 받고 싶었는지, 젊은 여인이 가식적인 미소를 지으며 물었다.

"네, 맞아요. 비를 피하러 들르셨다가 만나게 되었습니다."

이베트는 그때를 회상하자 절로 입가가 휘어졌다. 행복했던 첫 만남에 대한 순수한 미소였지만, 질투에 빠진 여인들에게는 잘난 척으로밖에 비치지 않았다.

"핫! 운이 굉장히 좋으셨네요!"

"그런 후진 곳에서 백작님을 다 만나시다니!"

"저도 그렇게 생각해요. 바세리스…… 아니, 백작님께서 함께 가자고 해 주셔서 정말 너무 기뻤거든요."

여인들의 비아냥거림을 눈치채지 못한 채 이베트는 다시 한번 반달을 그리며 웃었다. 그녀를 몰래 훔쳐보고 있던 사내들이 그 웃음에 가슴을 부여잡으며 신음을 내뱉었다.

반면 이베트의 입에서 백작의 이름이 튀어나오자 여인들의 눈이 돌아갔다.

"세상에, 망측해라! 바세리스라니요! 어떻게 감히 백작님의 존함을 함부로 부른답니까?"

"…이름을 부르는 게 잘못인가요?"

"당연하죠! 그분은 곧 공작 전하가 되실 분이라고요! 아무리 세상 물정을 몰라도 그렇지, 그게 무례라는 것도 모르는 건가요?"

"이래서 아랫것들과는 상종하지 말아야 하는 건데……."

"이름을 부르는 게 무례가 될지는 몰랐습니다. 백작님께서 아무 말씀을 하지 않으셔서……."

이제껏 웃는 낯으로 여인들을 상대하던 이베트는 처음으로 당혹스러웠다. 백작이니 공작이니 자세한 계급 같은 건 알지 못하지만, 그가 지금보다 더 높고 귀한 자리에 올라서게 된다는 것은 이해했다.

"지금 이베트 양의 행위는 백작님을 욕보이는 것이나 마찬가지라고요. 아시겠어요?"

"어떻게 이런 기본적인 예의도 모를 수가 있죠? 아무리 평민이라지만, 란데르트 백작님께서 그간 얼마나 속이 상하셨을까요. 제가 다 부끄럽네요!"

트집 잡을 게 전혀 없을 만큼 완벽한 우아미와 미소를 장착했던 이베트가 당황하자 그제야 체증이 조금 가시는 기분이었다.

얼굴 조금 반반한 걸로 백작님을 어떻게 해 보려고 했던 것 같은데, 꿈 깨는 게 좋을 거라며 아예 대놓고 이죽거리는 이도 있었다.

이베트는 심해를 그대로 가져와 놓은 듯한 짙푸른 눈동자를 깜박이며 여인들을 살폈다. 순진한 그녀지만, 자신을 향한 적의를 알아보지 못할 정도로 바보는 아니었다.

"당신들은 제가 싫은가 보군요?"

"…뭐, 뭐라고요?"

이베트가 이렇듯 직설적으로 물어볼 거라곤 생각하지 못했는지 주위에 있던 여인들이 더듬거리며 움찔했다.

"혹시 그 이유가 란데르트 백작님 때문인가요? 그분과 제가 서로 좋아하는 사이라서요?"

"아, 아니! 무슨 그런걸……!"

청순하게 생겨서 하는 말이 무척 노골적이다. 이베트의 담담한 언사에 도리어 여인들의 뺨이 달아올랐다.

"백작님은 훌륭하고 좋으신 분입니다. 저를 처음 보셨을 때부터 귀히 여겨 주셨고요."

"그, 그래서요? 무슨 말이 하고 싶은 건데요!"

"저 역시 백작님을 귀히 여기며 행복하게 해 드릴 겁니다. 그러니 제게 더 이상 그런 식으로 말씀하지 말아 주세요. 제가 그런 말을 들으면 백작님께서 슬퍼하실 것 같거든요."

"…지금 백작님께 이르겠다고 우리를 겁박하는 건가요?"

그럴 의도는 아니었지만, 여인들의 얼굴이 순식간에 창백해졌다.

란데르트 백작은 5미터 정도 떨어진 곳에서 사내들과 담소 중이었다. 이베트가 부르면 당장 달려오고도 남을 만한 거리다.

질투에 사로잡혀 이베트를 몰아붙였지만, 백작의 눈 밖에 나는 것만은 절대 사양이었다.

"굳이 제가 말씀드리지 않아도 이미 들으셨을 거예요. 귀가 매우 밝으신 분이거든요."

"……!"

마에스터의 경지에 오른 그의 신위에 대해서 그만 까맣게 잊고 있었다. 백작이 서 있는 곳을 흘깃거리자 마침 이곳을 보고 있던 그와 시선이 마주쳤다. 좀 전에 이베트와 춤을 출 때와는 전혀 다른 싸늘한 기색이었다.

그가 무리에게 양해를 구한 듯 갑자기 긴 다리로 성큼성큼 걸어왔다. 그리고 보란 듯이 말했다.

"이베트."

"네, 백작님."

"언제 어디서든 편하게 내 이름을 부르도록 해요."

"하지만……."

"아내에게는 그럴 권한이 있습니다."

"…아내요?"

"저와 결혼해 주시겠습니까?"

원래는 그녀가 좋아하는 비가 내릴 때, 근사한 레스토랑에서 함께 식사를 한 후 수국이 가득 핀 장소에서 청혼할 생각이었다.

하지만 그녀가 여인들에게 둘러싸인 채 모욕을 당하는 모습을 보게 되자 눈이 뒤집혔다.

란데르트 백작은 모두가 보는 앞에서 공표했다. 누구도 초대하지 않는 그들만의 조용한 결혼식을 치를 예정이지만, 이 여인이 내 아내라는 사실을 명시해야만 했다. 다시는 누구도 그녀를 함부로 여기지 못하도록.

"당신 마음에 들었으면 좋겠군요."

미리 맞춰 두었던 반지를 품에서 꺼내, 그녀의 가는 손가락에 끼워 주었다.

"와, 너무 예뻐요."

"아직 대답하지 않았습니다. 나와 결혼해 주시겠습니까?"

"…좋아요."

"한 번 뱉은 말은 무를 수 없습니다. 신중히 고민하시고 결정하셔야 합니다."

"전 언제나 신중한걸요."

이베트가 란데르트 백작을 올려다보며 방긋 웃었다. 사랑스러운 그 미소에 백작은 순간 이성을 잃을 뻔했다. 그녀를 만난 이후로는 도무지 제 욕망을 통제하기가 어려웠다.

"그럼 일단 나갑시다."

그녀에게 당장 키스하고 싶었다. 사람들이 어떤 눈으로 자신들을 보고 있는지 전혀 알지 못한 채, 백작은 이베트의 손을 잡고 다급히 파티장을 빠져나갔다.

두고두고 언급될 거대한 스캔들의 시작이었다.

2.

마차에 오르자마자 란데르트 백작은 이베트의 입을 갈급하게 벌렸다.

왜 이렇게 목이 타는지 모르겠다. 이제껏 잘 참아 왔건만, 오늘만은 어디가 잘못되기라도 한 듯 이상하게 제어가 되질 않았다.

그녀의 입술에서 느껴지는 촉감에 가히 정신이 나갈 지경이었다. 이토록 부드럽고 촉촉한 느낌은 이제껏 접해 본 적이 없었다.

백작의 혀가 이베트의 입안을 파고들었다. 뜨거운 감촉이 전해지자 아까부터 저릿하던 하반신이 더욱 그를 곤란하게 만들었다.

"하아."

잠시 백작의 입술이 떨어진 사이에 이베트가 참았던 숨을 몰아쉬었다. 그 달뜬 신음에 란데르트 백작은 다시금 그녀의 따뜻한 입속으로 제 것을 집어넣었다.

벼락을 맞아도 이보다는 멀쩡하리라. 어느새 백작의 손은 이베트의 드레스 속을 지분거리고 있었다.

"바, 바세리스……."

이베트의 속삭임에 그는 멍한 시선을 들어 그녀를 마주보았다. 방금의 입맞춤 때문인지 그녀의 입술이 그새 도톰하게 부었다.

희고 뽀얗던 두 뺨은 발그레했고, 가슴은 가쁘게 오르내리고 있었다.

란데르트 백작은 홀린 듯이 그녀의 목에 제 입술을 묻었다. 그리고 드러난 어깨와 쇄골에 연신 입을 맞췄다.

이상한 감각이 이베트의 전신을 훑고 지나갔다.

머릿속이 하얘졌다. 조금 전 무어라 말하려고 했었는데 전부 다 잊어버리고 말았다.

"하읏!"

이베트의 티 한 점 없이 맑던 피부가 금세 붉게 물들었다. 백작은 입술을 문대다가 어느 순간에는 참지 못하고 이를 사용해 그녀의 가녀린 피부에 자국을 냈다.

그녀를 무엇보다 소중하게 여겨 주고 싶다가도, 온몸 가득 자신의 흔적을 남기고 싶은 기이한 충동이 불쑥 들기도 했다.

이베트의 살갗에서 나는 진한 향기에 취한 것만 같았다. 술은 한 모금도 마시지 않았는데 정신이 몽롱했다. 그녀를 안는 것은 상상보다 더 큰 자극을 불러일으켰다.

덜커덩!

그때, 마차의 바퀴가 파인 지면에 걸린 듯 한쪽으로 기우뚱했다. 란데르트 백작은 한 손으로 이베트를 감싸며 남은 한쪽 팔로 마차의 벽을 짚고 균형을 잡았다.

그 순간을 기다리기라도 한 양, 환한 달빛이 마차의 창문을 비집고 들어와 이베트의 아름다운 얼굴을 비추었다.

달의 신이 그에게 기회라도 준 것일까.

백작은 자기도 모르게 숨을 훅 들이마시며 그제야 가까스로 정신을 차렸다.

믿을 수가 없었다.

도대체 제가 무슨 짓을 했단 말인가.

아무리 청혼을 했다지만 하마터면 정식으로 혼인도 하기

전에, 그것도 이동하는 마차에서 그녀와의 처음을 맞이할 뻔했다.

생각해 보니 동의조차 얻지 않았다. 무도회장을 나오면서부터 이성을 잃었고, 오로지 이베트와 입을 맞춰야 한다는 맹목적인 생각뿐이었다.

이베트의 붉어진 눈가와 부어오른 입술이 이 순간에도 탐스럽게 보일 지경이니, 미친 게 분명했다. 풍성한 드레스 속에 자리한 그녀의 말간 몸을 떠올리자 아랫배에 바짝 힘이 들어갔다.

자신이 이토록 인내심이 부족한 사내였을 줄이야.

이베트를 만나고 백작은 스스로 한심하게 여겨질 때가 한두 번이 아니었다.

지금만 해도 그렇다. 분명 그만둬야 한다는 것을 알면서도, 그녀의 위에서 쉬이 내려오지 못한 채 갈등하고 있다. 그의 의지와는 달리 손이 자꾸만 그녀의 드레스를 끌어 내리려 했다.

"바세리스……."

그런 백작이 낯설기라도 한 듯 이베트가 손을 들어 그의 뺨을 감쌌다. 짧은 시간에 얼마나 몰아붙였는지 그녀는 숨을 헐떡이고 있었다. 그 모습마저 백작에겐 사랑스럽게만 보였지만, 그는 이래선 안 된다는 생각에 사과하려 했다.

그러나 그녀의 말이 조금 더 빨랐다.

"난…… 괜찮아요."

"……!"

생각지도 못한 이베트의 말에 백작의 눈이 커다래졌다.

"나도 당신을…… 원하니까……."

"…그대가 지금 무슨 말을 하고 있는지 아는 겁니까?"

란데트르 백작의 목소리는 마치 목이라도 졸린 사람처럼 탁했다.

그는 그녀가 거부해 주기를 바랐다. 그래야 이 미친 짓을 멈출 수 있을 것 같았으니까. 하지만 다른 한편으론 제발 그러지 말았으면 하는 모순적인 감정이 들기도 했었다.

그런 백작에게 이베트의 방금 말은 불난 집에 기름을 들이붓는 격이었다.

"어쩌자고…… 어쩌자고 내게 이러는 겁니까?"

늘 단정하던 그녀의 머리칼이 흐트러져 있었다. 목과 어깨는 온통 그로 인해 울긋불긋했고, 맑고 투명하던 눈동자는 흐릿해져 부끄러운 듯 긴 속눈썹을 내리깔고 있었다.

그 모습이 란데트르 백작을 다른 의미로 숨 막히게 했다. 다시 한번 그녀의 목에 입술을 박고 향에 흠뻑 취하고 싶었다.

"바세리스가 괴로워하는 건 싫어요."

"그건……."

"그리고 나도…… 괴로워요."

아까부터 알 수 없는 뜨거운 열망이 어디선가 튀어나와 이베트 안에 잠재되어 있던 뭔가를 깨뜨린 듯했다.

멈추고 싶지 않았다. 그 역시 참지 않았으면 좋겠다. 더 강하게 안아 주기를 원했다.

이 머리가 타들어 갈 것만 같은 느낌에서 자신을 구해 줄 수 있는 건 백작뿐이라는 걸 이베트는 본능적으로 알았다.

란데르트 백작의 뺨을 쓰다듬던 이베트의 손길이 어느덧 그의 입술을 더듬었다. 좀 전의 촉감을 기억하고 있다는 듯, 그녀가 유혹하는 것처럼 제 입을 벌렸다.

붉은 속살이 눈에 비치자 백작은 간신히 붙들고 있던 인내의 고리가 싹둑 잘려 나갔다. 그의 입술이 다급하게 이베트를 삼키며 그녀의 고른 치아를 맹렬하게 휘감았다. 서로의 타액이 뒤엉키면서 점점 아득하고 먼 곳으로 둘을 이끌었다.

어떻게 시간이 흘러갔는지도 알 수 없었다.

마차가 백작저에 도착한 순간, 백작은 이베트를 안은 채 그대로 침실로 직행했다. 그 와중에도 그녀의 흐트러진 모습을 다른 이들에게 보여 주긴 싫었는지, 자신의 겉옷으로 그녀를 꽁꽁 감싼 채였다.

이제껏 본 적 없는 백작의 모습에 깜짝 놀란 집사가 노파심에 잠시 침실 근처를 서성거렸으나, 곧 저택의 모든 하인에게 백작의 침실 근방에는 얼씬도 하지 못하도록 차단했다.

결혼식을 올리기 위해 해밀턴으로 가는 날까지, 백작은 거의 침실 밖으로 나오지 않았다. 식사조차 그곳에서 해결하기가 일쑤였고, 어느 귀족의 초대도 받지 않았다. 심지어 황제의 부름에도 응하지 않아 동생인 리암이 대신 나서 해결해야만 했다.

3.

해밀턴의 본성에 드디어 안주인이 생겼다. 란데르트 백작의 모친이 돌아가신 이후로 처음이니 근 이십여 년 만의 경사였다.

이베트가 평민 출신이라는 것에 많은 고용인들이 놀라기는 했지만, 그건 아주 잠깐이었다.

란데르트 백작은 그들의 주인이었고, 누구보다 현명하신 분이었다. 그런 분이 택하였다면 다 이유가 있을 거라고 성내 식구들은 생각했다.

그리고 실제로 이베트를 마주한 순간, 커닝 집사를 비롯한 모든 하인들은 절로 고개가 끄덕여졌다. 다들 이토록 아름다운 여인은 태어나 처음 본다며 입을 모아 칭찬했다.

그 칭찬이 칭송으로 바뀌는 것 또한 그리 많은 시간이 걸리지 않았다. 이베트는 외모보다 마음이 더 어여쁜 여인이었기 때문이다. 그녀를 향한 경애심은 노력하지 않아도 저절로 우러나왔다.

오래도록 비어 있던 성의 안주인 자리가 차자, 본성이 전과 다른 활기를 띠었다. 제일 크게 달라진 점이라면 성 곳곳에서 웃음이 끊이질 않는다는 것이었다. 전쟁 중이라는 것도 잊을 만큼.

그 웃음소리의 대부분이 이베트와 관련되어 있을 정도로, 그녀의 순수하면서도 밝은 성정은 성내 식구들에게 긍정적인 영향을 끼쳤다.

비록 황도에서만큼은 아닐지언정, 해밀턴에서도 평소 잘 웃지 않는 것으로 유명한 란데르트 백작마저 입가에 미소를 머금는 일이 잦아졌다.

그가 이베트의 귀엣말에 홀이 울리도록 크게 웃음을 터뜨렸을 땐, 주위에 있던 하인 전부가 놀라서 석상처럼 굳어 버리는 사태까지 있었다.

그들의 새로운 안수인이 당시에 대체 무슨 말을 하였기

에 영주님이 그리 웃으신 것인지, 겨울이 지나고 봄이 온 지금까지도 성내 식구들은 여전히 궁금했다.

"아리엘, 이베트는?"

해밀턴에 봄비가 찾아왔다. 드와이어트 제국과의 치열했던 전투가 잠시 소강상태에 접어들면서, 란데르트 백작에겐 잠시 쉬어 갈 틈이 주어졌다. 하지만 정작 그는 그간 소홀했던 영지 업무로 바쁜 나날을 보내는 중이었다.

오늘만 해도 이른 아침부터 영지 순방을 하느라 해가 질 무렵에나 성에 도착했다. 그는 말에서 뛰어내리자마자 이베트부터 찾았다.

"마님께선 산책하러 나가셨습니다."

"또?"

비 오는 날을 특히 좋아하는 그녀였다. 우산도 없이 산책하는 것은 더더욱. 빗물을 뿌려 대는 하늘을 불편하게 올려다보던 란데르트 백작이 급히 우산을 들고 어디론가 향했다.

행선지는 따로 물을 필요도 없었다. 그녀의 목적지는 언제나 '그곳'이니까.

백작의 걷는 속도는 평범한 이들과는 비교 자체가 불가능했다. 꽤 먼 거리임에도 순식간에 당도한 그는 한동안 말 없이 멈춰 선 채 아내를 바라보았다.

이베트는 여느 날과 같은 모습이었다. 초록이 무성한 밀밭 한가운데에서 고개를 한껏 뒤로 젖히고 쏟아지는 비를 마음껏 맞고 있었다.

그녀의 눈은 감겨 있었지만, 입가엔 미소가 가득했다. 머리칼이며 드레스가 온통 비에 젖어 엉망이 되었어도, 기이하게도 그럴 때의 그녀는 훨씬 생기 넘치고 사랑스러워 보였다.

아마 이곳이 둘만의 결혼식을 올렸던 소중한 장소여서 그런 것일지도 몰랐다.

"이베트."

하루하루 시간이 더해질수록 그녀에 대한 란데르트 백작의 애정은 깊어만 갔다. 그가 다정한 음성으로 아내를 부르며 그녀에게로 성큼성큼 다가갔다.

"바세리스."

머리 위로 우산이 덧씌워지자 그제야 이베트가 눈을 뜨고 백작을 바로 응시했다.

"감기 걸린다니까."

백작이 미간을 작게 찌푸리며 그녀의 입술에 손을 갖다 댔다. 서늘한 기운이 전해졌지만, 다행히 정도가 그리 심하지는 않았다.

"비를 맞으면 기분이 좋아져요. 게다가 아직 감기는 한 번도 설리지 않았잖아요."

"알아."

신기한 일이었다. 오늘 같은 봄비는 물론이고, 한겨울 눈을 맞아도 이베트는 멀쩡했다. 그녀는 몸을 단련한 기사보다도 강인하다 싶을 만큼 건강한 신체를 타고났다.

다만 진짜 문제는, 비에 젖은 그녀의 모습이 너무나 선정적이라는 것이었다.

"겉옷이라도 걸치고 나왔어야지."

재질이 얇은 옷감이 비로 인해 피부에 찰싹 달라붙은 탓에 이베트의 가녀린 굴곡이 고스란히 드러나 있었다. 지금은 그나마 외출복이라 다행이지, 언제는 한밤중에 네글리제 차림으로 나가 버리는 바람에 백작이 기함한 적이 있었다.

그날 이후로 이 밀밭은 모든 영지민들에게 출입 금지 구역이 되었다. 누구에게라도 아내의 매혹적인 모습을 절대 보이고 싶지 않은, 백작의 짙은 소유욕에서 비롯된 일이었다.

"춥지 않은걸요."

그런 그의 속을 아는지 모르는지, 이베트가 그의 가슴에 손을 얹은 채 말갛게 웃었다.

"아프진 않고?"

"응? 어디가요?"

"전부 다."

이베트를 내려다보는 백작의 눈에는 어느덧 열기가 드리워 있었다.

그는 이제 곧 다시 전쟁터로 떠나야 하는 몸이었다. 새삼스럽게 긴장되지는 않았다. 단지 눈앞의 이 아름다운 여인을 매일 볼 수 없다는 게 참을 수 없이 힘들었다. 그래선지 안 그래야지 하면서도 좀처럼 스스로를 제어하지 못하는 요즘이었다.

"그대를 볼 때마다 허기가 져."

란데르트 백작은 결국 갈증을 참지 못하고 그대로 이베트의 목에 얼굴을 파묻고 깊게 숨을 들이켰다. 아까부터 아래가 뻐근했다.

어젯밤에도 수없이 사랑을 나눴는데, 도통 제 몸은 만족이라는 걸 모르는 듯하다. 그의 욕심을 거부하지 않고 받아주는 이베트가 그저 예쁘고 고마웠다.

"바세리스가 아픈 건 아니죠?"

이베트가 두 손으로 백작의 뺨을 감싸며 물었다. 그가 답을 하기 위해 고개를 들자, 그녀가 기다렸다는 듯 발끝을 세워 그의 입술을 훔쳤다.

그에 백작은 잠시 숨을 멈추었다. 그러다 어느 순간, 억센 손길로 이베트를 끌어당기며 격렬하게 입을 맞추었다.

맞닿은 둘의 입술이 금세 얼얼해졌다. 혀뿌리가 뽑힐 것만 같은 강렬한 키스였다.

가쁜 숨이 오고 갔다. 백작은 이베트를 번쩍 들고 어딘가를 향해 빠르게 움직였다. 우산은 진즉에 바닥을 뒹굴고 있었다.

쾅!

밀밭 근처, 결혼식을 올린 후 둘만의 신혼을 보냈던 작은 오두막이었다. 그곳의 문이 백작의 발길질 한 번에 경첩이 떨어지며 우지끈 부서졌다.

그러나 백작에게도 이베트에게도 그런 건 중요하지 않았다. 이미 여러 번 몸을 섞었지만, 서로를 안을 때면 아무 소리도, 아무것도 보이지 않았다.

오로지 이 세상에 둘만 있는 것 같았다.

"하아."

그녀를 대하는 바세리스의 몸짓은 한없이 부드러웠지만, 때로는 사납고 거칠었다. 참을 수 없는 쾌감이 전신을 휘감으며 이베트는 온몸에 전율이 일었다.

"…사랑해요."

그녀의 몸에 제 분신을 쏟아 내는 란데르트 백작의 귀로, 이베트가 나지막하게 속삭였다. 그것은 어김없이 기폭제가 되었고, 백작은 다시금 뜨겁게 타올랐다.

그새 거세진 빗줄기가 부서진 문을 넘어 오두막 안으로 들이쳤지만, 실내는 오랫동안 더운 열기로 가득했다.

〈외전 끝〉

DREAMBOOKS